GUAPO

Miguel Yarull

Miguel Yarull

Guapo

La Pereza Ediciones

Guapo
© *Miguel Yarull*

© De esta primera edición 2023, La Pereza Ediciones, USA
www.lapereza.net

Directores de la colección:
Greity González Rivera
Dago Sásiga

ISBN: 978-1-6237522-1-7

Diseño de los forros de la colección:
Estudio Sagahón / Leonel Sagahón
www.sagahon.com
Portada y Maquetación Julián Herrera

GUAPO
Miguel Yarull

LA PEREZA EDICIONES

How sharper than a serpent's tooth it is to have a thankless child!

King Lear / William Shakespeare

I don't believe it

I had to see it

I came back haunted

I came back haunted.

Came Back Haunted / *Nine Inch Nails*

VIERNES

EL DÍA DEL FUNERAL

La caravana fúnebre que cargaba los restos del General se extendía por casi medio kilómetro. Santo Domingo, que no necesita excusas para el caos, engulló el desfile en un extremo de la ciudad y lo escupió por el otro, dos horas más tarde.

La Viuda se transportaba en el auto del General. La acompañaban sus dos nietos, su nuera y su hijo Darío, vestido en sus galas militares, manejando el automóvil. El auto en cuestión era un Caprice Classic negro del año 1982, con un motor V8 de cinco litros en condiciones excepcionales, adornado con pequeñas banderas dominicanas a ambos lados de los faroles delanteros y una cortina en el vidrio trasero para proteger el interior del sol.

Detrás del Caprice, una fila de SUV Lexus color negro con placas oficiales hacían el esfuerzo por mezclarse entre camionetas del ejército, autobuses y motocicletas. El SUV Lexus es el vehículo preferido de nuestros funcionarios. El color negro no es negociable, y procura demostrar elegancia, distinción y poder, aunque termina demostrando indolencia, complicidad e ignorancia.

Los familiares del campo los seguían en Sonatas y Mazdas, mientras los generales retirados y vecinos de Gazcue cerraban el desfile, guiando a mucha honra sus viejos BMW 730 y sus Volvo 740 exonerados, recuerdos de un tiempo de mayor relevancia y brillo.

El General nunca hubiese aprobado un despliegue tan público de atención. En vida fue un hombre discreto, producto de una época donde los lujos y los excesos de la clase gobernante se disfrazaban y se escondían con recelo, pretendiendo una dignidad que hacía tiempo se sentía anticuada. Ni siquiera su familia inmediata conocía el alcance total de su fortuna, cedaceada con paciencia por más de cincuenta años en las pirámides jerárquicas del gobierno.

Al llegar a la autopista Duarte, los Lexus se desesperaron y aceleraron el paso, separándose al mismo tiempo de la caravana, dejando un espacio vacío entre la carroza y el resto de la procesión que deslució por completo la recta final del recorrido.

Darío desaprobó la falta de respeto.

—Coño, qué cojones. Yo te digo a ti...

La Viuda, sin sorprenderse, lo consoló.

—Déjalos que se vayan, mi'jo. Total...

Finalmente alcanzaron la Puerta del Paraíso a las tres y treinta de la tarde.

La carroza cruzó la paleta, la caravana justo detrás. El guardián se mantuvo dando entrada a la larga fila con un gesto continuo de abanico que lo hacía sentir importante; amable, pero a la vez recto.

Santo Domingo se daba el lujo de tener un cementerio como aquel. Con su capilla equipada de *surround sound* y proyección *high definition*, sus calles recién asfaltadas y sus manzanas estratificadas por metraje, vistas y precio, la Puerta del Paraíso aseguraba tranquilidad por igual para vivos y muertos. Y es que en los cementerios de la parte alta de la ciudad todo es saqueado. Lo que antes era un simple hurto y reciclaje de ramos de flores los dos de noviembre ahora es profanación de tumbas y destrucción de lápidas, demolición de ataúdes y despilfarro de restos mortales. Así, familias capitaleñas de larga historia se han quedado con la mitad de sus parientes desamparados; parientes expuestos - aún luego de estar muertos - a la barbarie de estos tiempos.

El General había separado su lote hacía más de diez años. Nunca es un buen momento para comprar un lote de cementerio, pero el General había acumulado tantas cosas que el lote era de lo poco que le faltaba en este mundo por conseguir. El vendedor resultó ser un familiar lejano que no sabía cuándo dejar de insistir y que terminó encontrando en el General la tusa de su culo. El General no sólo lo obligó a ceder su comisión, sino que eventualmente descartó pagar la mitad del precio acordado en un contrato que nunca se llegó a firmar.

Para poner esto en su justa dimensión, primero habría que entender lo que sufre un vendedor de tumbas, en este caso *el primo Rómulo*, por su comisión.

Rómulo era primo segundo de la Viuda. Rómulo había caído en desgracia por la bebida, cuando su mujer se marchó a Nueva York llevándose a sus tres hijos, luego de varios episodios de violencia doméstica. Rómulo quedó con poco a que aferrarse, así que se entregó por completo a sus charlas en AA y a su nuevo trabajo en un cementerio que recién abría. Llamaba los lunes y los jueves al despacho del General con puntería de reloj suizo. Cuando se sentía valiente visitaba, apelando a las historias en las que el General necesitaba de su ayuda para enamorar a la Viuda en Moca, poco después de entrar al ejército.

Rómulo cortejó al General durante dos años hasta que finalmente, un jueves en la mañana, su paciencia dio frutos. El General estaba de buen humor – al año se podían contar las veces que estaba de buen humor – y lo recibió en su despacho. Rómulo hizo alusión al mal momento que estaba pasando y el General lo escuchó con atención, mostrándose solidario y conmovido por las penurias del primo. Abrió una pequeña caja fuerte que debía contener varios millones de pesos en efectivo, y sacó un fajo de billetes, cerró la pequeña puerta y le entregó el efectivo luego de contarlo cuatro veces, exigiéndole un recibo de ingreso sellado de inmediato. El fajo de billetes cubría aproximadamente el cincuenta por ciento del total del solar. Lo demás quedó pendiente en forma de una promesa que nunca sería cumplida.

El General no lo hizo por maldad, de hecho, juraba que estaba ayudando al primo Rómulo a salir de un mal momento, como le comentaría a la Viuda en la hora de la cena.

Y es que hacía décadas que el General no pagaba el precio completo de nada.

Ni a nadie.

El féretro fue desmontado con cuidado por Darío y cinco de los amigos más antiguos del General; uno de ellos tan anciano que apenas colocaba la mano encima del ataúd, agregándole peso, susurrándole a su gran amigo que se verían pronto.

Lo bajaron despacio, procurando que no tocase el piso en ningún momento, defendiéndolo de infectarse de cosas terrenales. Era un ataúd de caoba brasileña que el General consiguió incluir sin costo adicional en el negocio del lote. Iba cubierto por la bandera nacional y pesaba aún más bajo el sol de la tarde, tomando en cuenta que llevaban un hombre en contra. Darío cargaba lo que terminó siendo la punta. El proceso fue silencioso, como son estos procesos. Cerrar la puerta de un auto, sacudirse la nariz o estornudar con ganas son procesos amortiguados en presencia de un muerto.

La Viuda se empolvó la nariz y esperó a que un teniente le abriera solemnemente la puerta. Usaba un sombrero negro y guantes de encajes del mismo color. Olía a polvos Maja y a Chanel número cinco.

Un saxofonista soplaba con ojos cerrados una versión instrumental de *Cuando un amigo se va*. Idea de la nuera. El General hubiese desaprobado cualquier tipo de música en la ocasión. La Viuda soportó la melodía un segundo y dio una mirada a un teniente, quien se acercó al saxofonista y le sacó el instrumento de los labios con la delicadeza de un mandril.

Morir en verano en Santo Domingo es una falta de consideración.

Dentro de la carpa, los deudos agitaban abanicos de papel improvisados, la ropa pegándosele al cuerpo como velcro, el color negro no solo reteniendo la pena, sino también el peso del trópico y toda su humedad. Mientras todo el mundo se acomodaba como podía, la Viuda se alegró de que el presidente de la República asistiera solo a la funeraria. Diez carpas no serían suficientes para albergar todo el circo que lo acompañaba, ya fuese a cagar o en sus viajes diplomáticos alrededor del mundo. El séquito del presidente está compuesto por una docena de agentes de tránsito, cinco secretarios de Estado, seis escoltas militares, cuatro secretarias, un chef internacional, dos agentes de la CIA, tres de la Interpol, decenas de promotores políticos y un actor que se hace pasar por el ministro de Cultura, en total 401 personas.

Lo de que lo acompañan a cagar es solo un rumor.

La primera fila estaba reservada para familia. La Viuda, su nuera y sus dos nietos la ocuparon, mientras Darío se aseguraba de que el ataúd estuviese bien colocado; las banderas - la tricolor y la del ejército - debidamente alineadas, la guardia de honor reluciente, pechos al aire, como dos estatuas malcomidas de bronce a cada lado del General.

Sentados en la fila del fondo, los enemigos del General también habían ido a despedirlo. El General supo muy temprano que una vida sin enemigos sería una vida sin propósito, que ayudar a la gente nunca le daría la emoción de hacer daño y de que se lo hicieran a él, o que al menos trataran, así que se dedicó a cultivar enemigos desde que encontró la oportunidad. Desde el poder los agitaba, ensalzaba, premiaba, humillaba, aunque en el fondo los abrazara. Sus enemigos lo mantenían joven, interesado. Por su parte, ellos también entendían que un hombre de aquella estatura solo tendría enemigos de calibre, así que saberse en esa lista los llenaba de orgullo. Con el General morían grandes batallas, algunas sucias, pocas dignas, la mayoría memorables. Sentados allí, frente al féretro, recordaban cada cicatriz de guerra, sintiéndose extrañamente vacíos.

Una organizadora daba vueltas asegurándose de que todo funcionara. Con un gesto delicado le dio el visto bueno al administrador del lugar, que a través de un micrófono dio las gracias a todos los que habían depositado su confianza en el camposanto y mencionó que tenían una oferta en panteones durante el mes de los padres, dejando el podio a la familia.

La solemnidad había descendido sobre el lugar.

El entierro podía comenzar.

El tipo enrolaba un *blunt* con una mano, aguantando el volante del automóvil con la otra. Lo enrolaba despacio, barnizando con la lengua el pequeño origami que cada día que pasaba perdía un poco más su espíritu subversivo.

Se llamaba David, y, apenas unas horas antes, había vuelto a ver la forma de la isla desde un avión por primera vez en treinta años.

A su lado, la hermosa rubia argentina que lo acompañaba desde hacía cuatro años se comía las uñas, más por hábito que por nervios. Se llamaba Umi y lo amaba a morir. Se conocieron en Madrid, cuando David terminaba sus estudios de filosofía y Umi atendía un bar cerca de la Complutense en el que David terminó siendo seguridad. Se pasaron un mes hablando sobre Kant, sobre el engaño que termina siendo el arte abstracto y sobre el cine de Von Trier antes de mudarse juntos.

Parqueó el *Peugeot* de alquiler sin cuidado y transversalmente, en un espacio pequeño hasta para una moto. Un militar retirado y su señora, que caminaban a paso doble, le reclamaron el gesto. David les respondió con el dedo del medio envuelto en una nube de humo. La señora le susurró algo al militar, que abrió los ojos y negó varias veces con la cabeza, asqueado.

Lo habían reconocido.

Apagó el vehículo y se arregló el pelo que daba para una cola. Procuró el saco negro del asiento de atrás y besó a la argentina con ganas, como si estuviesen a punto de robar un banco. Enfiló rumbo a la carpa, ajustándose el saco que cubría sus brazos, donde no quedaba un solo centímetro de piel sin tatuar.

Dolientes y familiares lejanos del General le pasaban por el lado caminando rápidamente, como rumbo a un concierto del que no querían perderse el principio. David los dejaba irse adelante, sin ninguna prisa.

Había esperado treinta años ese día, ¿por qué apurarse ahora?

En la carpa, el capellán concluía un sermón tan servil como exagerado.

«...y aunque el General se ha marchado al lado del Señor, nos queda la conformidad de la buena obra. La buena obra que vemos en el rostro agradecido de todos aquellos a quienes ayudó en vida. Y veo muchos de esos rostros aquí...».

Aprobaciones, sollozos, améns.

El capellán sintió el poder que da un discurso cuando la gente lo compra. Treinta años oficiando y sus palabras —casi siempre las mismas, disfrazadas— seguían teniendo efecto. Durante un segundo sintió el arrepentimiento de no haber sido político —su primera vocación—, buscó su crucifijo y lo apretó, enfriando sus impulsos, recordándose su lugar en el mundo.

Finalmente requintó.

«... rostros tristes, pero satisfechos, capaces de reflexionar sobre una vida bien vivida, al servicio de los demás, y al servicio de su país». Concluyó con la sinceridad de un diputado, retirándose a su puesto detrás del ataúd. Un momento de respiro que aprovechó la congregación para acomodarse, secarse el sudor, aprobar en voz baja lo correcto que había estado el sacerdote y prepararse para Darío, que se planchaba con las manos sus galas, alistándolas para despedir a su padre, por última vez y para siempre.

Tomó el quepis de manos de Helena, su mujer, que lo miró como si Darío fuese a recibir un Oscar; se incorporó y se colocó frente a los restos del General. La carpa completa hizo silencio. Darío se limpió la voz, tosiendo levemente, y comenzó.

—Mi padre fue un gran hombre. Un hombre que entregó su vida entera a este país.

Suspiros y lágrimas saltaron desde todas las esquinas, como si la carpa completa hubiese estado esperando permiso para expresar su dolor. Darío esperó unos segundos antes de continuar.

—Un hombre recto, disciplinado, lleno de ideales, como su padre, como su abuelo. Mi padre me enseñó todo lo que sé. Me enseñó todo lo que soy. En un país donde la gente procura las cosas fáciles, mi papá me enseñó que el trabajo no solo dignifica al hombre, sino que lo aleja de la muerte».

Creía con todo su ser en estas palabras que, aunque un poco ensayadas, le apretaban de tristeza y emoción la garganta.

—Su mejor legado es su familia. Mi madre Digna, mis hijos, sus nietos...

—Tu hermano... —se escuchó desde el fondo de la carpa.

Darío levantó la cabeza y buscó con la mirada quién lo interrumpía.

—Dilo, anda. Tu hermano también es su mejor legado.

Y así, sin más anuncio que la propia voz, todo lo que sucedía dentro de la carpa dejó de suceder. El lugar quedó en silencio y los relojes se detuvieron, marcando las cuatro y seis de la tarde, exactamente la hora en la que el segundo hijo de la Viuda — aquel llamado David— había nacido por cesárea en la clínica San Rafael, cuarenta y cuatro años antes.

La voz no era simplemente una voz. Venía acompañada de una aparición, de un espejismo: como si la tierra se hubiese partido en dos y desde las entrañas hubiese ascendido una criatura eléctrica y convulsa, un engendro odioso y repulsivo, hermoso, importante. Toda la carpa se dio la vuelta.

Darío enmudeció.

La Viuda saltó de su asiento como una ciega que busca atrapar una figura por el sonido de la voz: sus ojos desorbitados, sus brazos aleteando, buscando asidero. Solo cuando el corrientazo de sangre que casi la fulmina escapó de su cuerpo en forma de gemido, pudo asimilar que su hijo más pequeño había regresado.

—Qué. Maldito. Calor —el *freak* martilló cada palabra. A pesar de lo que se podría esperar, no hablaba en lenguas, sino en un español más ibérico que caribeño. Lo repitió: —¿Nadie más lo siente? —quitándose el saco y dejándolo caer sobre su hombro.

Caminó hacia los restos de su padre, las miradas incrédulas, fijas sobre él. Hacía más de veinte años que no veía a su hermano mayor, pero mientras más se acercaba, más se daba cuenta que Darío se había convertido en un hombre triste, su boca ahora una forma triangular, como derretida de tantos años sin reírse. Sus ojos, una vez grandes y jóvenes, eran apenas dos líneas horizontales en su cara, alongados y extintos.

Tan solo el odio que sentía en ese momento parecía revivirlos.

Para cuando David llegó al frente, la Viuda no se había repuesto. Le tomaría todos los años que le quedaban en la tierra para reponerse. Había pasado la última parte de su vida angustiada por su hijo menor, preguntando dónde había ido a parar y finalmente estaba aquí. Cuando el General empeoró, Darío le había dicho que nadie sabía dónde contactarlo y la Viuda decidió creerle. Ahora, con su hijo en frente, su corazón quería explotar. Temblaba de pies a cabeza. Acarició su rostro como si estuviese conociéndolo por primera vez. Tenía tantas cosas que decir, pero las palabras no aparecían y el momento no era adecuado. David consiguió sonreír y aceptar la caricia antes de retomar su camino rumbo al ataúd. Darío trataba de calmar el murmullo del lugar, transformado en un oleaje de morbo y asombro. Solo cuando los dos hermanos estuvieron frente a frente la carpa hizo silencio.

Por primera vez en mucho tiempo, y contando al General en el ataúd, la familia estaba reunida.

—¿Puedo? —David señaló a los presentes, pidiendo la palabra. Darío dio un paso atrás contra todo instinto. Ahora sudaba perdigones, el peso de todo el lugar en cada gota. Su despedida convertida en un preludio del espectáculo que todos recordarían.

—Gracias — y se dirigió a la carpa, arreglándose la cola en lo que parecía una manía más narcisista que práctica—. Muchos de ustedes no me conocen, algunos no me recuerdan, otros… no me soportan. Soy David, el hijo menor del General—. Hablaba con seguridad, buscando las miradas de todos cuantos podía. —Ya sé lo que están pensando: he cambiado mucho. Ustedes...

Una pausa.

—...no han cambiado nada — explotando en una risa odiosa y destemplada.

Silencio.

—Me fui...no, no, no... no me fui... me *despacharon* de Quisqueya La Bella hace ya casi treinta años—. Aquí se detuvo a llenarse de rabia: rabia en la lengua, en el estómago, en la punta de los dedos. Rabia de la que hace temblar, rabia añejada en barrica de treinta años. — Treinta años. Treinta años extrañando esta mierda de ciudad—. Masticando y escupiendo cada palabra.

La Viuda no podía levantar la cabeza. La mirada fija en sus zapatos negros sucios del polvo rojo que pronto cubrirá al General.

Entonces la rabia se volvió asco.

—Juré no volver hasta que este momento no llegara. Este momento, que es tan mío como de este... saco de huesos que casi casi se empezarán a comer los gusanos».

Levantando la voz, hasta gritar.

—¡Este momento que es más *mío* que de cualquiera de ustedes... hipócritas... que me miran como si fuese yo el que debiera estar en ese ataúd!

Con calma, por fin.

—Pero por suerte no soy yo quien está ahí dentro. Por suerte es él. El General. *La Macana*— sonriendo ampliamente, como si estar fuera del ataúd fuese en sí su propia victoria. Se paró un poco más derecho, sintiéndose vivo, alto, importante.

—Perdonen, no soy un idiota. Sé que interrumpo el gran momento. Voy a parar. El General ha muerto y es justo que todos le hagamos reverencia — bajando la cabeza con respeto, explotando en carcajadas un segundo más tarde.

—Perdón, perdón, perdón —haciendo un saludo militar exagerado a los presentes que le devolvían con silencio y más odio.

Darío hervía. Los guardias a cada lado del ataúd le procuraban la mirada, buscando luz verde para matar a este aparecido, hijo de su maldita madre.

—No vuelve a suceder. Palabra de honor, o como decía el General: *Palabra de guardia»*.

Pero ya, suficiente fanfarria. Estaba a segundos de aburrirse. Le sonrió a Umi, que lo admiraba como a un Dios desde la última fila; se dio la vuelta hacia el ataúd, dedicándole toda su atención. Y fue entonces cuando su timbre de voz bajó una octava, sus ojos se rebosaron y su lengua se agrietó a ambos lados como un cuchillo de sierra, saliva chorreando de ambos lados de la boca, preparándose para su desmonte, su gran final.

—Como decía este maldito hijo de la gran puta que por fin ha terminado de morirse.

Y no necesitó decir nada más.

❖

La derecha de Darío fue un tubo de hierro en la quijada. Darío pegaba fuerte, una bendición genética. La mitad de los presentes se preocupaba por la Viuda, que sufría del corazón. La otra mitad sacaba sus cámaras y filmaba el espectáculo, buscando *wifi*, procurando la primicia de subirlos a las redes o guardarlo como un *souvenir* de estos tiempos: David tirado en el piso, recibiendo una golpiza, el féretro tambaleándose a punto de caer, las banderas rodando hasta el suelo, una nube ascendiendo y llenándolo todo de polvo rojo, el primo Rómulo, recostado de uno de los tubos que servían como columnas, aplaudiendo a dos manos, gritando instrucciones como entrenador de box.

Entre todo el alboroto, una risa daba vueltas por todo el lugar. Una risa maniática, que ganaba intensidad mientras avanzaba la golpiza; una risa que se proyectaba sobre el camposanto, rebotando de las cruces y de las tumbas y de los mausoleos, desafiando al barón del cementerio a que apareciese a poner el orden.

El capellán tardó mucho más de lo que un hombre de iglesia debería tardar para interrumpir un acto de violencia, y más tratándose de un abuso. Luego le pediría perdón a Dios, pensó.

Una buena cantidad de sangre mojaba la tierra y las banderas cuando finalmente detuvieron la paliza.

La risa y la sangre — claro está — pertenecían a David.

Consiguieron enterrar al General a las cinco de la tarde. La Viuda demostró de qué estaba hecha, parada al lado del ataúd hasta que lo bajaron al fondo del agujero. «Estoy bien, estoy bien. Ese es David. Ese es mi hijo. ¿Lo viste? Qué buen mozo. Todo un hombre», repetía una y otra vez, evitando el abrazo de los que se le acercaban a consolarla más de la cuenta, rechazando a los que intentaban llevársela a la casa a recostarse o a tomarse la presión.

Lentamente el lugar se fue quedando vacío. Las largas filas de gente de negro se iban diluyendo en grupos más pequeños que abordaban sus automóviles. No paraban de compartir asombros, mostrándose discretamente videos y fotografías, incrédulos, apenados, desesperados por llegar a sus autos y discutir en voz alta lo que llevaban horas susurrando.

«Pobre Digna. Si no la matan los nervios de esta». «Una familia tan seria». «Hijo de la gran puta. Bueno para nada». «Maldito tecato». Voces diferentes sintiendo lo mismo.

Recostado de una cruz, como si fuese un taburete de bar, David se limpiaba la sangre seca de la nariz.

—¿Qué es un tecato?

—Un galán, un príncipe azul.

En realidad, era un drogadicto clase media alta en los años 80. Los tecatos más relevantes de la época ahora tienen familia y en su mayoría desaprueban el uso de drogas, a menos que no sea en un ambiente controlado como Jarabacoa o Terrenas. También resbalan cuando son expuestos a cualquier disco o concierto de Pink Floyd, preferiblemente en la época de Roger Waters.

—Pues ya está. Te adoran, David.

—Tú me adoras.

Se besaron violentamente sobre la tumba de un Fernández que había muerto trágicamente hacía cuatro años. Umi le besó y le mordió con ganas la cortada, sacándole más sangre de la que ya había perdido.

—Deberían trancarte por lo que hiciste —se escuchó desde atrás.

—¿Quién me va a trancar?, ¿tú? —David replicó desafiante, sin mirar. Su amor por la violencia intacto, alistado.

—Sigues cogiendo golpes como que no hay mañana.

Fred era uno de sus amigos más antiguos. Se parecían tanto que por mucho tiempo los confundieron como hermanos. Se abrazaron hasta que Fred lo echó a un lado.

—Si no me llamas me lo perdía.

—Ese era el trato, ¿no?

—Uno de muchos.

—Eres Umi— dijo tomándola por la cintura. —Deja a este *sambá* tirado aquí y vete conmigo. Te haré feliz.

Era imposible no querer a Fred a la primera. Umi le plantó un beso. Se quedaron sin nada que decir por un segundo. Finalmente, Fred habló.

—Fuiste duro con el viejo.

—¿Tú crees?

—Qué sé yo... por doña Digna, quizás.

Pero David no mostró remordimiento. Por encima del hombro de su amigo, aparecía Darío junto a su familia. Eran los últimos en salir de la carpa.

David se arregló el saco.

—¿No crees que ya está bueno, fiera?

—Tranquilo fiera. Todo está bien. No pasa nada —saliendo al encuentro de su hermano, en el centro de todo.

Se juntaron sobre una lápida de mármol negro de un Joaquín Sánchez que David pisó sin consideración.

—Yo sabía que eras un hijo de la gran puta, pero lo de hoy...

—¿Me superé?

—Ni porque mamá...

—No me jodas con *mamá*»

Darío intentó leerlo. Una vieja manía que nunca le dio resultados, y que ahora tampoco funcionaba.

—¿Qué es lo que quieres, David?

—¿Lo que quiero?

Aquí soltó una carcajada y lo pensó mejor. No tenía muy claro lo que quería cuando se montó en el avión y decidió venir, así que improvisó.

—Al principio solo quería estar seguro de que estaba muerto. Pero ahora que lo veo, *y que te veo...* —arreglándole la solapa— quiero lo que quiere todo el mundo. Lo mío. Lo que me toca.

—¿Qué es *lo tuyo*?

—Quiero de todo lo que la Macana dejó. Quiero casas y carros. Quiero mudarme a Santo Domingo y vivir como tú vives.

—Ya.

—Me sentía muy solo. Ustedes me hacían falta. Tengo sentimientos. Soy igual que tú y que él y que todos —mostrando una sonrisa amplia y perfecta.

—No eres igual a nadie. Eres peor.

—De acuerdo. Soy mucho peor.

El turno ahora era de Darío.

—No vas a conseguir nada. Ni un solo peso. No estás en ningún lado, en ningún testamento, porque para esta familia hace años que no existes.

—Está hiriendo mis sentimientos, coronel —perdió la sonrisa por primera vez—. A lo mejor tienes razón, Darío. A lo mejor no existo. Pero, ¿te imaginas que el General me haya dejado lo mismo que a ti? El viejo tenía su sentido del humor (esta parte es una exageración para fines dramáticos y de diálogo. El General *nunca* tuvo sentido del humor).

Fueron interrumpidos.

«Papi...».

Alfonso era el hijo mayor de Darío. Tenía dieciséis años, hablaba en voz baja, caminaba despacio y miraba todo con profundidad. Su padre pensaba que era un chico inseguro cuando en realidad era todo lo contrario. Tenía las facciones finas de su tío, algo que Darío — en silencio— nunca le había perdonado.

—Alfonso, vete con tu mamá.

—Quería saludar a....

Darío no lo dejó terminar. Imaginar cualquier contacto con su hermano era suficiente para reventar.

—¡Que te vayas con tu mamá, coño!

El muchacho se devolvió despacio. Quería conocer al tío, al que habían sacado de todos los álbumes de fotografía, al que nadie mencionaba, al que más se le parecía. David miró al chico marcharse y odió un poco más a su hermano.

—Si quieres quedarte, quédate, pero aquí no hay nada para ti.

—Llama a los abogados. Leamos ese testamento.

David estaba cansado de aquel lugar, del silencio y de las cruces y de las flores y de la tristeza, pero todavía le quedaba algo por hacer. Se devolvió unos cuantos pasos y le pidió el último favor a Fred.

—Llévame a ver a tu hermano.

Caminaron unas cuadras hasta otra tumba a la que David se acercó solo.

—¿Qué cuentas, Tommy? No sabía si traerte flores. Estoy de vuelta en la República. Puedo contarte mil cosas que he hecho, pero estás muerto, men. No sé bien cómo funciona eso de estar muerto, pero estoy casi seguro que sabes todo lo que he hecho. Esa es Umi. Creo que algún día nos vamos a casar.

Quedándose sin cosas que decir, limpiando las hojas secas que cubrían la tarja que leía «Tomas Rijo 1971-

1991», y más abajo *Todo el que vive y cree en mí, no morirá jamás.*

—Te extraño y no te he olvidado, viejo.

Incorporándose y dándose la vuelta.

—Ya está bueno de esta mierda de cementerio—, sacando del bolsillo tres pastillas moradas con un Optimus Prime esculpido en relieve, un Transformer inmortalizado para siempre en una tuerca de MDMA. Había ponderado qué pastillas traer y se decidió por las que les vendía un moro en Malasaña, las que pegaban al minuto y no soltaban, las que lo hacían cagarse si no tenía cuidado.

—Necesitaba la cabeza clara para el entierro, pero para Santo Domingo tengo otro plan. ¿Qué dicen?

Sacaron las pocas pertenencias del *Peugeot* y lo dejaron abandonado en el cementerio. Días después, una grúa de la compañía de alquiler lo procuraría. Las pastillas entraban y Santo Domingo les esperaba como una novia sin visa, varada y resentida, en el medio del Caribe.

Cruzaron calles y avenidas irreconocibles para David. Por más que le hubiesen contado, no tenía cómo imaginarse lo que todos esos años le habían hecho a la ciudad. Torres de lujo de cincuenta pisos alternaban con colmados, bancas de apuesta y hoyos en la tierra desde donde nacerían más edificios como matas de aguacate. Avenidas enteras se rebosaban de chatarras, de autos europeos de última, de guaguas atisbadas al triple de su capacidad y de Ubers manejados por extranjeros que no necesitaban papeles ni residencia —siempre y cuando no fuesen haitianos—. En los huecos que quedaban vacíos, un ejército infinito de motoristas engarzaba decenas de pasajeros al mismo tiempo a sus espaldas, como pinchos de pollo o cardúmenes de peces en un arpón. Los motoristas en su mayoría tenían deseos de morir y se planchaban y aceleraban sin miedo como Sam el Rey del Judo, obviando todos y cada uno de los semáforos de la ciudad, así como todas las leyes probadas de la física. Transportaban en canastos órdenes de *Pizza Hut* y racimos de plátanos, droga mala y animales vivos, tanques de gas y romo mucho romo, más droga entre cartones de huevos y botellones de agua, colegialas embarazadas y mujeres con el culo grande, ancianos sin ganas de ir a ningún lado y recién nacidos con la suerte ya echada.

En el centro de todo, miles y miles de peatones caminaban por el medio de las calles como si fuesen ganado en Nueva Delhi, con la cadencia de Tony Manero, moviéndose al ritmo de un dembow que lentamente transformaba toda una cultura que perdía en libertad y ganaba en libertinaje, mientras los sociólogos e historiadores se preguntaban si era una causa o una consecuencia, si no éramos todos culpables de esta debacle por haber hecho o dejado de hacer algo, si todo aquello no sería un resultado directo de nuestra apatía y nuestro egoísmo y nuestros políticos.

¿Qué fue primero, el dembow o la gallina?

❖

Se detuvieron en un semáforo y del cielo cayó un mercado sacado del viejo testamento: una especie de bazar que rodaba entre carro y carro, tocando vidrios y puertas, vendiendo y rogando y pidiendo cualquier cosa.

«Deme cualquier cosa. Lo que sea». Como un mantra. «Cualquier cosa. Lo que sea».

Acróbatas suramericanos, parapléjicos alquilados y mercaderes insistentes asaltaban el automóvil mientras David destapaba una botella de ron que había comprado en un *drive thru* de la Tiradentes. Santo Domingo tendrá sus defectos, pero una ciudad que le despache alcohol al conductor en la comodidad de su propio vehículo se deja querer, pensó David.

El inválido que les tocó el cristal no llegaba a los veinte años y había nacido sin extremidades, lo más probable en algún campo de Azua. Lo empujaban en una silla de ruedas y anidaba el vaso de la limosna en su entrepierna. Aunque no podía golpear el carro por razones obvias, compensaba su desventaja con súplicas.

«Deme cualquier cosa. Lo que sea». Como un mantra. «Cualquier cosa. Lo que sea».

Umi, sobrecogida por el espectáculo, se llevó la mano a la boca, aguantando las ganas de darle todo lo que tenía encima en ese momento.

Una señora bajó su cristal un par de pulgadas y le lanzó una moneda de diez pesos al mendigo, que como un malabarista consiguió hacerla caer en el vaso de *foam*. David por su parte le dejó caer la botella de ron, mientras le retiraba la moneda del vaso, quedándosela en el bolsillo.

El rostro del inválido se iluminó, aprobando el negocio, enseñando por primera vez en mucho tiempo una sonrisa negra y agradecida. Abrió la botella con la boca y sin soltarla la empinó, dándose un trago largo, como si fuese un truco de magia. El ron calentó su garganta y le devolvió vida a sus ojos. De sus muñones brotaron brazos y piernas fuertes y dispuestas. Pateó la silla de ruedas con rabia y soltó un grito gutural y primitivo. Ahora erguido y gigantesco, con zancadas que cubrían dos metros, continuó su camino, que se aclaraba frente a sus ojos, pavimentado de ladrillos amarillos que marcaban todo el trayecto hasta su casucha, en el fondo de Las Cañitas, aquel barrio periférico aspirante a uno de los círculos de Dante, cuando finalmente se desocupase alguno.

Terminaron en un bar cerca de la zona oriental. Un establecimiento oscuro y peligroso donde las cervezas siempre estaban frías y los chiperos calientes.

David y Fred habían conversado poco. Ya tendrían tiempo. Andaban procurando sensaciones, y aquel lugar estaba mandado a hacer: las camareras con el culo al aire, los espejos en las paredes distorsionándolo todo, la cuota de traqueteros bebiendo Johnny Walker Blue con Coca Cola, y luego la música.

Una culebra se arrastraba por el suelo a 80 bpm, lenta, peligrosa:

Me lo chupa y no para hasta que acaba

Me la dragueo con la lengua llena ´e baba...

Umi se movía como negra criolla, llegando hasta el piso donde la culebra la esperaba. Se tocaban un segundo las narices y Umi subía de nuevo a la superficie, sana y salva.

Hoy te vo´a torturar, beibi, tu cuerpo es un mural

Ese culote es natural, yo te lo quiero inaugural...

David la miraba desde la barra. Bebía cerveza fría. *Cuánto se extraña la cerveza fría.* Un Gorila se acercó a la pista, donde la rubia se envolvía y se desenvolvía. *La cerveza fría es un pecado porque le mata el sabor dicen los conocedores, pero que se jodan los conocedores, ésta se extraña en los huesos.* El Gorila no estaba acostumbrado a mujeres solas en una pista. David cerró los ojos y la cerveza bajó mejor. El Gorila ya estaba detrás de la argentina y Fred se preocupaba. *El último trago de la cerveza fría es el mejor trago porque te deja una botella vacía en las manos y la oportunidad.* Fiera. *Tranquilo fiera yo estoy viendo.* El Gorila ya a punto de agarrarle las nalgas a la rubia cuando David le daba la vuelta a la botella en sus manos, y ahora tenía un arma y no una cerveza fría. La argentina sonriendo porque sabía lo que venía. Le había dado soga al Gorila y todo estaba a punto de explotar. El Gorila saboreándose y David saltando y reventándole la botella en la cabeza.

Sangre. Vidrios. Pistolas. Tiros. *A correr fanáticos*, diría Pemberton.

El convertible salió disparado del parqueo y se topó con dos puentes que salían de la ciudad. Por la derecha el viejo puente cuyos cables de acero se han robado varias veces y no han aparecido. El puente, como un viejo demente, ni siquiera se ha dado cuenta que hace tiempo debió caer y continuaba allí, parado y desafiante. Por la izquierda aguardaba el nuevo puente; con forma de siglo veintiuno, cinco carriles y barandas nuevas listas para recibir suicidas y cartelones frescos de síndicos y regidores. Ambos puentes llevaban al mismo túnel y luego a la misma autopista, así que la decisión solo tomaba un segundo y ni siquiera importaba. Tomaron el de la derecha y aceleraron el automóvil.

Cuando llegaron a Las Américas pasaban las ocho de la noche.

Las Américas, con sus paradores y sus leyendas, sus reinas de belleza muertas que se montan en tu auto y te prometen sexo y desaparecen de un momento a otro, dejando las ganas y el terror. Las Américas, con sus peatones acróbatas, cruzando de lado a lado en plena oscuridad, en grupos de tres y cuatro, como gatos que no pueden distraerse porque si se distraen quedan impresos en el asfalto y nadie los reclamaría.

Las Américas, y luego el mar. El mar, que sigue siendo masculino en el Caribe. La mar es exclusiva de poetas con visa o residencia europea. Aunque no lo vieran, ahí afuera seguía estando el mar como un carcelero, bordeando la carretera hasta el final de la isla.

La sangre de David corría a chorros por su frente. Se había pasado la mitad del día sangrando, como en los buenos tiempos. Esta vez pudo haber sido peor. Fred logró separarlo en el punto de quiebre que tienen las peleas en esos lugares: cuando de botellazos se pasa directo a disparos y la policía no se atreve a entrar, y los jodedores aprovechan para arreglar cuentas viejas en nuevos pleitos.

Bajaron el tope del convertible y la brisa del mar Caribe los alivió.

A medida que se alejaban de la ciudad, la isla que David recordaba aparecía frente a sus ojos. Deslumbrado por la tuerca y por la distancia, sentía la isla quemándose en su piel como un tatuaje más.

Había tomado esta carretera cientos de veces, a cualquier hora y en cualquier condición. Su generación estaba obsesionada con los tiempos y la velocidad. Veinticinco minutos a Talanquera en un Supra, treinta y ocho minutos a Chavón en un Mustang, cincuenta y dos minutos al monumento de Santiago en un Porsche. Los tiempos valían más si el trayecto había sido de noche, y más aún si el conductor venía bebiendo y sobrevivía a la autopista. Hasta hace dos décadas las carreteras de República Dominicana tenían solo dos carriles, elevando aún más estas hazañas.

Miles de recuerdos abordaron el convertible. La pastilla cedía y solo quedaba la sed y el camino. Formas verdes y azules aparecían y giraban sobre los postes de luz como luciérnagas gigantes. David cerraba los ojos y sentía todo el universo en un solo punto de su cuerpo. Todas esas noches que había rodado en esa carretera estaban allí con él, en el asiento del pasajero, acomodadas entre sus piernas como una novia que ha vuelto y que no se quiere soltar siquiera un segundo.

Sacó la mano y la dejó flotar en el viento. Radiohead salía de la radio.

Im on a roll,

Im on a roll this time...

La mano cabalgaba una onda sinusoidal que no tenía fin y que oscilaba a la misma frecuencia de la música.

...I feel my luck could change...

Llegaron al mar en cuarenta minutos. Encuentras mar a cuarenta minutos de cualquier lugar de la isla.

El convertible no se había detenido cuando ya David corría hacia el agua. Aún vestía el traje negro del funeral, roto y estrujado del día. Ni siquiera se quitó los zapatos. Luchó contra la arena en sus pies que intentaba detenerlo, pero nada lo detendría. Sintió el agua mojar sus ruedos y soltó una carcajada. Esperó una ola y se lanzó de cabeza hacia la masa negra que entraba y salía de la orilla, alumbrado tan solo por la luna y por los faroles del automóvil.

La sal le hacía bien a sus cortadas y el agua fría le hacía bien al resto. Se sintió refrescado y alerta y se dejó llevar por la marea, flotando sin oponerse, los brazos abiertos hacia el cielo como un Cristo antillano.

Duró un buen rato dentro del agua. Cientos de peces nadaban entre sus piernas, formando una larga cadena, acariciándolo y dándole la bienvenida a casa. Los peces no sabían del funeral ni de lo que había sucedido y David tampoco les contó. Se sumergía y tocaba el fondo con sus manos y volvía a subir a tomar aire, buscando un tesoro en la oscuridad. Los peces lo guiaban por todos los rincones del océano, entrando y saliendo de sus extremidades y de su ropa, las olas conspirando, empujándolo mar adentro. David nunca sintió peligro. El mismo mar que lo llamaba y lo reclamaba también lo protegía. En la orilla, las luces del auto servían para recordarle que seguía habitando en este mundo y no en una lavadora oscura y gigante llena de satélites y de espuma en la que daba vueltas sin parar.

Cuando por fin salió, arrastraba los pies por la arena y traía algo envuelto con cuidado en su chaqueta, como si protegiera un ave mojada y herida. Se acercó a Umi y desenvolvió el saco, mostrándole lo que había encontrado: una estrella de mar de color oro y del tamaño de sus dos manos. La estrella pesaba cincuenta libras y brillaba en la oscuridad como un diamante de brazos que se movían con vida propia, lentamente y hacia todos lados.

David abrazó a Umi y se desplomó sin fuerzas en la arena.

Fue una suerte que la noche estuviese oscura o alguien lo hubiese sorprendido llorando, pidiéndole a la chica que regresara la estrella al océano, al lugar donde pertenecía, mientras se permitía por primera vez en mucho tiempo recordar cosas que había dejado enterradas en el mar.

Cosas enterradas como un tesoro en el medio del mar.

SÁBADO

EL DÍA DESPUÉS

Técnicamente era el día siguiente aunque seguía siendo noche cuando llegaron al estudio de Fred, que insistió en que no se quedarían en un hotel, por más que David protestó. El estudio era un viejo piso en la Zona Colonial de Santo Domingo, justo al lado de un colmado que tocaba bachatas hasta la madrugada. Fred era fotógrafo y no estaba claro dónde terminaba su estudio y dónde empezaba su apartamento. Se ganaba la vida haciendo trabajos comerciales a agencias publicitarias que pagaban poco y tarde, pero hacía lo que amaba y le tocaba trabajar con gente con la que podía conversar de cosas que le interesaban. A ambas cosas le daba más importancia que a su cuenta de banco.

David tiró los bultos al suelo y Fred le mostró la puerta que llevaba a la única habitación del piso.

—Te quiero, fiera.

Parecía una simple despedida, pero era algo más y Fred lo sabía. Haría cualquier cosa por David y David haría cualquier cosa por él. Habían sido vecinos desde que tenían cuatro años, y aunque Fred era mayor, se habían hecho amigos en el momento en que las edades todavía no significaban nada.

—Qué pena contigo, ¿dónde vas a dormir? —preguntó Umi cuando se quedaron solos.

—Casi no duermo. De vez en cuando me recuesto en el sofá.

Ella tampoco tenía sueño. Recorrió las paredes, empapeladas por completo de fotografías. El trabajo de Fred era íntimo, retratos muy de cerca, partes del cuerpo, una boca, manos entrelazadas. Todo a simple vista parecía aislado. pero desde lejos hacían sentido como parte de algo más grande.

—¿Esos son ellos?

Fred asintió. Umi acariciaba una vieja Polaroid en la que dos chicos montaban un mismo *skateboard*. La fecha en una esquina: 12-3-1984.

—Voy a poner café.

—¿No tienes whisky?

Se sentaron en el pequeño balcón que miraba hacia las calles estrechas y adoquinadas de la Ciudad Colonial, las cuadras más antiguas de toda América, todavía repletas de espectros y de historias, con sus edificios de piedra, sus artistas y sus tardes melancólicas de domingo, la cama de Colón, la catedral y las palomas en el parque.

—David es como mi hermano pequeño. Nunca ha dejado de serlo. Ni siquiera mamá dejó de quererlo. Todavía me da trabajo creer todo lo que pasó, pero...

—¿Pero...?

—Pero hay gente que nace con una marca en la espalda, gente que todo lo atrae. Lo bueno y lo malo.

Una pareja cruzó frente a ellos. Borrachos, discutían sobre dónde habían parqueado el auto.

—David nunca estuvo tranquilo. Nunca. Todo el tiempo había un problema. Cuando fue creciendo, así mismo crecieron los problemas. No era solo un dolor de cabeza, era incontrolable.

Se detuvo a buscar una historia en el aire y la encontró.

—Seguro sabes esto...

—Imagínate que no sé nada...

—Terminando el bachillerato peleó con un muchacho más grande, mucho más grande. David era flaco, pero no era débil. El muchacho lo estrelló contra una pared y le rompió un brazo. David se fue llorando a su casa, dijo que se había caído de la bicicleta y le creyeron —dejando el vaso en el piso y acercándose a Umi, como si le fuese a decir un secreto— pero regresó al colegio al otro día, haciéndose el pendejo, con el brazo enyesado, colgando del cuello. Nadie sabía lo que había planeado, ni siquiera Tommy. En la mochila, guardaba una manopla que le había robado al General (ese era un hijo de puta, y tenía un arsenal con todo tipo de vainas guardadas, no te imaginas). A la salida, enyesado y adolorido, con la mano que le quedaba, casi mata al muchacho. Le fracturó el cráneo y los dos pómulos. El muchacho terminó perdiendo un ojo. El toque de gracia vino cuando le orinó la cabeza, el muchacho ya inconsciente.

—Ese es David —casi orgullosa.

—¿Te parece gracioso?

—Es una buena historia, ¿no?

Fred se recostó de la silla de nuevo. No había terminado.

—El caso es que el muchacho era hijo de un senador o de un diputado, ahora no recuerdo, pero al final daba lo mismo. Casi le cuesta el retiro al General. Cuando consiguió sacarlo de la cárcel, también lo sacó de la casa. Una de las tantas veces que se fue a vivir con nosotros.

—¿Y por qué pasó todo?

Fred se dio el último trago de whisky que le quedaba.

—Por defender a mi hermano. Tommy era más pendejo que la gallina. David se pasó la vida entera cuidándolo. —Aquí hizo una pausa y cambió el tono—. Pero para serte sincero, llegó un momento en el que no necesitaba excusas para hacer lo que quería hacer.

La pareja que había cruzado hacía unos minutos ahora se devolvía. Estaban sudados y se gritaban. Querían irse a casa, pero no encontraban el auto.

—Esa es *una* historia. Podemos amanecer aquí recordando de esas. ¿David nunca te contó nada?

—David nunca habla de la República ni de sus padres. Le llama "el tiempo olvidado".

—El tiempo olvidado. ¿O sea que no sabes lo que pasó más adelante?

Antes de que Umi pudiese contestar, se escuchó desde la sala.

—Hey coñazo, ¿´tan bebiendo sin mí?— En el medio del estudio, completamente desnudo, David. Su cuerpo —como su cara— lleno de moretones, definido y tatuado por todos lados, las viejas cicatrices adornándole el abdomen, rayas en un mapa.

Afuera, la pareja pasaba por tercera vez frente al balcón. Caminaban despacio y cabizbajos, cayendo en cuenta que le acababan de robar el auto.

Amanecía y el sol se levantaba lentamente sobre el agua. David jadeaba, acelerando el paso, apurando sus piernas y de paso su voluntad. Corría por el malecón y el sudor caía por todo su cuerpo, las heridas del día anterior sanando con el aire frío de la madrugada. Corría todas las mañanas y en todas las ciudades donde había vivido. Correr lo ayudaba a mantenerse cuerdo, le ponía límites a sus adicciones y a su locura; por eso nunca faltaba al asfalto, sin importar lo que hubiese hecho la noche anterior. Los primeros kilómetros siempre eran iguales e insoportables, pero luego llegaba el sudor y el ritmo y todo cobraba sentido; entonces las piernas flotaban y se podía pensar mejor.

No tenía claro por qué había regresado al país. Se había convencido de que venía a un funeral, a una venganza, pero esto era solo una parte de la historia. Su pasado estaba lleno de baúles cerrados con llave. Mucha gente los llama remordimientos, pero hacía tiempo que David no se arrepentía, no enmendaba, no pedía perdón ni daba explicaciones. Sus últimos arrepentimientos habían ocurrido en esta misma ciudad, en los años en que todavía procuraba la aprobación y el cariño del General, cuando aún lo buscaba en las gradas de algún torneo o de alguna graduación.

Un sábado de agosto, cuando tenía quince años, dejó de buscarlo.

Bajo ese mismo sol que ahora se hacía el pendejo, se jugaba una serie distrital en la Liga Manuel Mota -cantera de peloteros de la clase media, en su mayoría buenos jugadores, pero demasiado privilegiados para llegar a Grandes Ligas-. David era *sior* y tercer bate empujador de su equipo. No hubo deporte alguno que David no practicara con la gracia de un profesional desde el primer momento, sus récords todavía intactos por toda la ciudad. Este sábado kugaba para Tolito, un hombre grueso, conocedor del béisbol y de beber fiao. Los domingos Tolito llegaba al juego hediendo a ron y a mujeres, con una o dos horas de sueño encima. «Ya que me hicieron venir, no se atrevan a perder, buenos mierdas», les gritaba debajo de unos lentes Ray Ban falsos, recostado del *dogout*, durmiendo de pie la resaca. Tolito había mandado más jugadores a

Triple A que todos los *scouts* de los Dodgers juntos, por eso se le perdonaban todos sus desmanes, que en los ochenta no eran desmanes, sino más bien rutina.

Cerrando el sexto *inning*, el partido estaba empate, las bases llenas y las gradas pedían a David, justo cuando llegaba su turno. David conocía al lanzador. Era un chico humilde de la parte alta de la capital con el que había compartido en la selección nacional hacía unos años y que tenía todo para llegar a Grandes Ligas.

—Te va a trabajar con curva. Espera la recta—, Tolito le advirtió, en un extraño momento de lucidez.

El lanzador le tiró tres curvas, pero David no le creyó. Estaba sentado esperando la recta, y tal y como Tolito había predicho, la consiguió en el cuarto pitcheo. Lo que salió del bate fue un trueno por encima de la pared del *right* que viajó tres mil pies y pegó de aire en el techo de las monjas, lugar mítico reservado para bateadores de poder.

El pequeño estadio reventó. David cruzó la tercera base y miró a la lomita. El chico que una vez había sido su amigo estaba allí, a punto de llorar, humillado por los gritos de su propio dirigente, que había pedido la recta minutos antes.

En el próximo turno lo estaban esperando. Tolito se quitó los RayBan y con ojos rojos y estrellados, le advirtió.

—Te la va a pegar. Si te la pega, mátalo.

—Tolito, ese muchacho no me la va a pegar. Fuimos compañeros.

—Ya te hablé, mariconcito. El que sabe aquí soy yo. Te la van a pegar. Nosotros salimos atrás de ti, pero tú, mátalo. Na' má' así te van a respetar.

David llegó al plato advertido.

«Na' má' así te van a respetar...».

Todos los peloteros saben lo que viene cuando se la sacas a alguien con las bases llenas. El chico, que sin motivación lanzaba duro, estaba motivado. Aun así David dudaba. Eran amigos.

«Na' má' así te van a respetar...».

El muchacho se preparó. David apretó el bate. El muchacho levantó la pierna, tomó impulso y soltó la pelota.

¿Quién decide por qué somos lo que somos? ¿Quién decide por qué hacemos lo que hacemos? Una bola rápida lanzada a ochenta millas por hora llega en un segundo al "home plate" y trae un mundo de dolor en las costuras. No tienes mucho tiempo para pensar. Le tiras o la dejas pasar, y descubres quién vas a ser por el resto de tu vida.

Recibió el pelotazo en la barbilla. Los dientes que perdió aún no habían tocado el terreno cuando ya hacía polvo de las costillas del lanzador y todo se iba a la mierda. Al principio no estaba convencido, pero Tolito lo hubiese matado si no se defendía. Además, con cada *swing* del bate, con cada costilla rota, David encontraba vocación, propósito. Años más tarde reviviría ese momento con frecuencia. Si lo intentaba podía sentir los huesos del chico rompiéndose contra el aluminio, los dos bancos quedándose vacíos, los jugadores corriendo al medio del terreno, la sangre rodando en el *infield*, el lanzador llorando como lo que era, un niño, y al final de todo Tolito abrazándolo orgulloso: «te lo dije mariconcito, que te la iba a pegar. Ahora te respetará toda la vida».

David terminó en el hospital, pero el chico no volvió a lanzar una pelota de béisbol jamás en su vida. El General, que no había ido al partido, tampoco fue a la clínica. A David ni le importó. Se conformó con decirle a la policía que era hijo de la Macana y que lo soltaran o tendría que llamarlo y entonces ellos sabrían. Ese sentimiento de romper algo valioso, un pedazo de humanidad, y quedar completamente exonerado; el sentimiento de ser golpeado, herido y como quiera sobrevivir; el sentimiento de *ser respetado* terminó siendo el regalo más importante que le hubiesen podido dar.

¿Por dónde andaría ese muchacho? ¿Qué sería de su vida? ¿Qué sería de Tolito? ¿A cuántos chicos más le habría regalado aquella interpretación del respeto?

Había marcado ese día como el final de su infancia y el principio de otra cosa que no tenía que ver con nada, donde todo sería distinto. Si a los quince años su padre ya no le importaba, ¿qué sería del resto del mundo?

Cuando regresó al estudio, Fred se terminaba un desayuno de soltero resacado: huevos pasados por agua, galletas de soda con salchichas de lata y café negro. «¿Saliste a correr, después de todo lo de ayer? A mí me va a tomar dos días caminar derecho». Susurró la última parte para sí mismo, lamentando lo poco que disfrutaba de la vida últimamente. No eran ni las ocho y ya David había recorrido media capital. Fred se había caído de la cama apenas diez minutos antes, sin planes de hacer nada más que volver a acostarse.

David fue a la nevera y tomó agua directamente del jarrón, el agua chorreando a ambos lados de su boca, la garganta sonando como un radiador rebosado. Se sentó al lado de su amigo y sacó un *joint* del bolsillo de los *shorts*. Lo encendió y le ofreció.

—No, men. Yo no vivo de vacaciones, tengo trabajo. Lo de ayer fue solo de bienvenida.

—Fiera, gracias. Por llamarme, por alojarme, por todo.

—No es nada, compadre.

Estuvieron unos segundos en silencio. Cualquiera pensaría que tendrían mil cosas de qué hablar, pero todo ese tiempo sin verse traía consigo un protocolo: primero tocaba agotar los temas trascendentales —familia, estudios, trabajo— antes de pasar a esa conversación liviana que agrada y que llena espacios y que hace que las cosas sean más fáciles. Las primeras preguntas serían pesadas de responder y ninguno quería arrancar. Solo más adelante, cuando ya estuviesen al día, podrían hablar con soltura sobre los temas que realmente les interesaban y los unían: las últimas temporadas de *Breaking Bad*, el legado de Al Green en el soul, o las mejores películas de los Coens desde *No Country For Old Men*.

—¿Como está Mariel?

—Meses que no hablamos.

—¿Cuántos años tiene ya?

—Dieciséis. Viven en Virginia. Está casi entrando a la universidad. Las llamadas son cada vez menos y más cortas.

—¿Le gusta?

—Me imagino. Todos los que se largan de aquí dicen que les gusta. Parece que nunca sufren. Se la pasan publicando vidas de revista y siendo condescendientes con los pobres diablos que nos quedamos atrás. Mariel tiene un año que se fue y ya piensa que es gringa. Todos quieren ser gringos.

—Tú eres gringo.

Fred tomó el *joint*. Se dio un copazo, aguantando el humo unos segundos y puntualizó.

—Hasta los gringos emigran.

De la habitación apareció Umi, vestida con una camiseta de Velvet Underground —la del guineo— que apenas le llegaba a los muslos. Los dos amigos hicieron silencio, como si una virgen de estampita hubiese aparecido entre ellos.

La argentina les quitó el cigarro y se regresó a la habitación lentamente, forrada de humo, sabiendo que no le quitaban los ojos de encima.

Fred se rascó la cabeza.

—Fiera, tú eres mi hermano, pero si esto va a ser así, yo mismo te pago el hotel y nos evitamos el problema.

—Esta acera tiene treinta años rota. La saltábamos en bicicleta todos los días. Las raíces de ese roble la levantaron. Saltábamos frente a la casa de los Cabrera y caíamos justo aquí. Subidos en esa javilla pasábamos la tarde, cada quien en una rama.

—Como monos.

—Cómete un mojón.

Umi fingió morderle.

—Estas torres, todas iguales, vacías. Si hubieses visto este lugar cuando me fui.

—No puedes pretender que el mundo espere por ti.

—Es *mi* mundo, y puedo pretender lo que sea.

—Pretende que me quieres.

—¿Te conformas con eso?

—La mitad del amor es pretender.

—Déjame la otra mitad.

Umi lo empujó, aunque en realidad quería apretarlo.

Estaban a escasos metros de la casa del General, debajo de un gran almendro que daba sombra a la mitad de la calle.

—Ahí vivía Fred.

—¿Y Tomás?

—Sí. Tommy también.

Tommy fue su primer amigo. Se conocieron cuando tenían cinco años, a unos cuantos pasos de allí. Fueron inseparables hasta que cumplieron quince y David tomó el rumbo que tomó; entonces se veían menos, pero se querían igual. David se rompió su primer hueso saltando la raíz del roble en la bicicleta de Tommy, quien lo hizo reír todo el camino hasta el hospital. Tuvieron sus primeras novias —las hermanitas Polanco— al mismo tiempo; intercambiaban historias de su despertar sexual, comparando cada paso que las hermanas les permitían, sintiéndose inadecuados y entusiasmados a la vez. Pasaron cientos de tardes sentados allí, contándose los mismos chistes, soñando con el futuro donde seguían siendo mejores amigos, entonces los llamaban a bañarse y todo terminaba hasta el otro día, donde empezaba en el mismo lugar en el que había quedado.

Había otros chicos, decenas más. El grupo era grande, ruidoso, inofensivo, pero entre todos, Tommy y David estaban siempre juntos. Sus mejores tiempos y sus mejores recuerdos se quedaban allí, con su amigo más querido de infancia, lo poco puro que recordaba haber vivido.

Por eso Gazcue siempre será Tommy y Tommy siempre será Gazcue.

Gazcue y sus árboles centenarios. La ciudad perdida en el medio de la ciudad. El último gran vecindario perdiendo la batalla frente al paso del tiempo, alternando edificios empresariales con casonas coloniales y *pent-*

houses recubiertos de mármol chino ofertado como italiano; la arquitectura más fina de Santo Domingo rematada con letreros de "Se Vende" colgados por terceras generaciones buscando hacer lo más que se pudiera con la vieja casa de los abuelos.

Gazcue y sus árboles centenarios. La ciudad perdida en el medio de la ciudad.

—¿Qué e' lo que quieren?

David había escuchado esa voz un millón de veces. No la voz de esa persona, pero esa misma voz: la misma cadencia, la misma arrogancia sin mérito. No importaba el rango, era siempre la misma voz, como si en la academia la primera asignatura fuese "Voz de Mando Hija de la Gran Puta 01", y con pisar el lugar ya te la habías ganado.

Despreciaba esa voz. Se incorporó y caminó hasta la puerta.

—¿Qué?

—¿Qué e' lo que buscan, lo que quieren?

—Yo de usted no quiero nada —dijo frente a la puerta y frente al guardia, de apellido Moreta, que levantaba el pecho como soldado de fundita, desde el otro lado de la verja.

—Pue' depéguense de la pared.

David buscó los ramos en el uniforme.

—Coño, es verdad que las cosas han cambiado. Cuando yo vivía aquí los cabos eran una mierda. ¿Hace mucho que cogen tanto puesto?

El cabo apretó la boca.

—Oiga algo, *cabo*: esta es mi casa. ¿Puedo entrar a mi casa?

—¿Su casa? ¿De cuándo a dónde esta es su casa? —levantando el arma de reglamento con la ligereza de los que no tienen nada que perder.

—Eso es lo que me gusta de los guardias. No se aprietan si tienen un fusil a mano. ¿Sabe usarlo, *cabo*? —ahora a escasas pulgadas del militar.

—Vamo' averiguá.

Sin pensarlo, Moreta sobó el fusil. En Dominicana sobamos nuestras armas de fuego, como si fuesen masa de pan o nalgas de mujer. Lo hizo como un reflejo, como si bostezara o se amarrase las botas. Los ojos de David se iluminaron. Ese sonido inconfundible de preparar un arma para su uso, el despertar un animal metálico y peligroso, alistarlo para la guerra, hizo que todo su cuerpo se pusiera en alerta. Se presentaba la oportunidad de violencia, y eso era lo único que, después de tanto tiempo, seguía interesándole.

—¿Me sobaste un fusil a mí, mamagüevo?

El guardia, que todos los días se levantaba queriendo disparar su arma, por fin tendría la oportunidad de hacerlo. Su rabia, como un perro de pelea, había estado contenida por mucho tiempo. Una rabia que alimentaba a diario con pan de bachata y de complejos y de cuernos y de hambre y de sudor, engordándola para el día que finalmente la necesitara.

—David, ten cuidado con este puto.

—Puto significa maricón, Moreta. Por si no la entendiste.

Una línea más que cruzaban. Moreta apretó el gatillo lo justo para besar el proyectil, la superficie del martillo rozando el casquillo: un soplo más de presión y todo cambiaría para siempre. Cuántas veces había tenido David un cañón en su cara, en su sien, en la parte atrás de su cráneo, sosteniéndolo él, sosteniéndolo otros. El miedo se vuelve costumbre, y lo que parece osadía, rutina.

Por eso la valentía será siempre algo relativo.

David era osado como un paracaidista o como un mago es osado. Saltaba conociendo las probabilidades y los trucos. Había crecido entre cientos de Moretas, por eso ahora abría su paracaídas tan cerca del suelo, porque sabía que, al menos en esta ocasión, aquella bala nunca saldría disparada.

—¡Moreta, baje esa arma!

Cabrera era teniente. Otro guardia. Otro apellido. Bajaba la marquesina a paso doble.

—No bajes el fusil, puto —le propuso David— Ya lo sobaste.

—¡Moreta! —repitió el teniente—¡Le estoy hablando, coño!

Moreta, enchivado en su rabia, mantuvo el fusil en la cara de David hasta que el teniente bajó el cañón con sus propias manos. El cabo se apoyó de la verja. El último minuto lo había desgastado y solo quería irse a su casa.

—Ramón —el teniente lo llamó suavemente por su nombre— Infórmele a la Viuda que su hijo menor está aquí. Averigue si quiere verlo.

—¿Hijo del General? ¿Este...?

—Tenga mucho cuidado, cabo.

Moreta hizo silencio. David le sopló un beso y balbuceó "puto" una vez más. Moreta juró en su corazón matarlo cuando tuviese la oportunidad. Cabrera lo sustituyó en el puesto guardando silencio y mirando al frente, atendiendo ese punto imaginario en el que un guardia podría perderse por horas.

David sacó un *blunt* y lo encendió. Cabrera sintió el olor a marihuana, pero no dejó de mirar al frente. No era una provocación, sino más bien una costumbre. David no era estúpido, y sabía cuándo tenía a un verdadero militar en frente.

—¿Lo he visto antes? —leyendo la etiqueta que llevaba cosida al uniforme— ¿teniente Cabrera?

Cabrera no contestó.

—Claro que lo he visto antes. Usted y mi hermano no pelean limpio.

Recordó a Cabrera pateándole la cabeza el día anterior, en una movida que David había vuelto popular frente al Cine Naco, en sus días de gloria.

Cabrera finalmente habló.

—Le pido excusas. Me pasé de la raya. Pero usted dijo cosas que francamente...

—¿Que francamente qué, Cabrera?

—Para mí su papá fue más que mi papá. Me hizo guardia, me enseñó el camino. Si no fuese por él, hoy sería un delincuente. Yo llegué a esta casa a limpiar zapatos con diez años. Doña Digna me sacaba los zapatos suyos y los del coronel y me los ponía ahí afuera. Usted tenía unos Converse blancos que eran lo único que yo quería en la vida. El General siempre limpiaba sus propios zapatos, y en treinta años nunca los vi sucios. Nunca le limpié ni siquiera una bota. Después, más palante, el General me daba dos pesos para que peleara con Darío abajo de esa misma mata. Usted iba a la natación cuando eso. Yo era más grande que Darío, pero nadie podía defenderlo. Cuando me daba pena y yo dejaba de darle, el General decía que no me iba a pagar. Eso fue hasta que un sábado Darío me metió la mano tan duro que le devolví los dos pesos a su papá y le dije que me iba. Ahí me dio trabajo con los caballos en la finca, y bueno... aquí tamo. Usted... usted no se acuerda de mí, pero yo sí me acuerdo de usted. Cuando usted cayó preso la última vez yo era todavía un muchachón, pero usted nunca se me olvida.

Era cierto. David recordó a Darío pelearse con un limpiabotas flaco y largo, al que le sacaban dos panes con mantequilla y una fila interminable de zapatos a la marquesina. Este limpiabotas se había convertido en un hombre educado, que hablaba pausadamente y con propiedad. Se le hacía difícil a David encontrar motivos para provocarlo, y eso en el fondo lo incomodaba. No tenía tiempo ni ganas de discutir a su padre allí, a esa hora, pero el teniente lucía sincero; tan sincero que David tuvo que dudar si todo este tiempo había estado equivocado. Quizás el General no era quien David pensaba que era. Quizás somos muchas personas revoloteando al mismo tiempo en un mismo cuerpo, como una puerta giratoria de hotel o un carrusel de feria.

Moreta regresó arrastrando el fusil. Cuando sintió el olor de la yerba, saltó al ataque.

—¡Teniente, pero eso es marihuana! Ese hombre va preso ahora mismo.

Extrañamente, Cabrera sintió que le debía algo a David, y continuó ignorando el tabaco.

—¿Qué dice doña Digna?

—Pero teniente...

—¡¿Qué dice?!

—La Viuda dice... que lo dejen pasar.

Cabrera finalmente miró a David a los ojos.

—Apague eso, por favor.

David también sintió que le debía algo al teniente, y apagó la chicharra con la suela del zapato.

Cabrera les abrió la puerta y entraron a la propiedad. David se detuvo apenas entró. Miró hacia el cielo y reconoció la copa del viejo árbol de caoba que cubría de sombra todo el jardín. Buscó en su tronco las hendiduras de nombres, fechas, corazones que alguna vez talló con una navaja, pero no encontró nada, como si hasta la caoba hubiese procurado olvidarlo. A seguidas miró hacia la marquesina, sabiendo que estaría en el mismo lugar en el que había estado parqueado desde hacía treinta años: ahí mismo estaba, limpio y desafiante, como el primer día que su padre lo trajo y llamó a todo el mundo, anunciando con voz grave y ceremoniosa que nadie debía acercársele ni jugar pelota cerca de allí, y que el primero que lo hiciera iba a saber (la amenaza más popular de la época, que implicaba una resolución misteriosa, a ser evitada a toda costa).

Al verlo de nuevo, cualquier duda sobre la supuesta bondad de su padre desapareció por completo, de inmediato y para siempre.

Corre el 1983. Es domingo por la mañana y el General lava el Caprice con sus propias manos. Alberto Beltrán se escucha en toda la casa:

Aunque me cueste la vida
Sigo buscando tu amor
Te sigo amando,
voy preguntando,
dónde poderte encontrar.

El General bebe los domingos. Lo hace de forma organizada, como todo lo que hace. Nunca cae completamente borracho, ni levanta la voz, ni hace el ridículo. Nunca ha estado dispuesto a ceder el control, ni siquiera cuando ha debido hacerlo.

Son las once de la mañana, y el frasco va por la mitad.

El General también fuma cigarrillos mentolados Constanza. Los prende con un encendedor que le regaló Petán Trujillo en el año 1956 y al que cuida casi con igual recelo que a su automóvil. El encendedor es color bronce y tiene las palmas del escudo nacional estampadas en alto relieve. Más de una vez el encendedor se ha extraviado, y más de una vez le ha tocado cárcel a los guardias de servicio, que velan por el pequeño artefacto más que por sus propios hijos.

El General viste pantalones de caqui y camisilla, su uniforme de lavar el Caprice. Lo acompaña un guardia de turno que tiene prohibido enjuagar o secar el automóvil. Sus únicas funciones son la de asistirlo con el trago y cargar la cubeta de agua hacia donde quiera que el General se mueve.

El Caprice tiene dos años en la casa. Es una máquina de los tiempos, un dragón americano de color negro en el que el General se ve reflejado más que en cualquier miembro de su familia. El odómetro marca apenas cuatro mil millas y el interior aún huele a nuevo. El General negoció él mismo su automóvil, sentado en la oficina de un concesionario Chevrolet de un cubano en Hialeah que nunca tuvo el chance de engañarlo. Posteriormente lo trajo al país con una exoneración propia de su rango, ahorrándose la cuota de impuestos que debió pagar (ya se ha establecido que el General no pagaba el precio completo de nada).

Hoy le rocía agua con una manguera. El agua siempre ha dado la impresión de ser gratis y eterna en Santo Domingo, pero eso será hasta un día. Así le rocía agua sin piedad, por todas partes, una y otra vez, bañándolo con la esponja como si bañase a un caballo ganador. Le pasa un cepillo por los aros y por las gomas, una lanilla por el techo y el bonete y un tratamiento de piel por todo el interior. El guardia de turno carga en el bolsillo un frasco de esmeril que el General utiliza para corregir rayaduras en la carrocería del coloso. Si todavía se siente con fuerzas, le aplica una capa de cera. El proceso es largo, pero protege la pintura y hace que valga la pena. De vez en cuando lo enciende mientras lo lava. El sonido del motor le da felicidad. El General no sabe reconocer la felicidad y vive confundiéndola con el orgullo.

Cuando ha terminado, el General le da una vuelta por la cuadra. El motor de ocho cilindros nunca alcanza las dos mil revoluciones, y el dragón tiene que conformarse con rodar lentamente, a velocidad de bicicleta, mientras el General supervisa el vecindario sin que nadie se lo haya pedido, dejándose ver y controlando la zona, mientras Beltrán continúa saliendo por las bocinas.

...Te sigo amando,
voy preguntando,
dónde poderte encontrar.

❖

La casa esperaba oscura y apagada, las cortinas corridas, las ventanas cerradas. Moreta los escoltaba muy de cerca, tan de cerca que David pensó en empujarlo y concluir en el medio de la sala lo que habían iniciado.

—¿Me puede dejar caminar tranquilo?

Moreta dio un paso atrás. David corrió las cortinas y abrió las ventanas como si todavía fuese el dueño de la casa. La luz del sol iluminó todo el espacio, levantando el luto que en solo dos días se había acomodado en la oscuridad.

La casa no había cambiado mucho en todo ese tiempo: un recibidor daba paso a un espacio amplio dividido en un estar y una sala de lujo que sólo se había usado para celebrar la boda de Violeta, una prima santiaguera que pasaba las vacaciones en casa de su tío, el General, a quien David consiguió seducir a pesar del vínculo. Ventanales y cornisas de madera teñida, vidrieras en caoba centenaria, pisos en tablero de granito vaciado, puertas arqueadas que llevaban a pasillos, a dormitorios, a balcones, a la cocina y al comedor. Un decorador nunca había pisado aquel lugar, y aun así el buen gusto de la Viuda lo salvaba. Los adornos de Lladró, las lámparas de vitrales, los gallos de Guillo Pérez habían sido movidos de lugar, los muebles retapizados, pero en su mayoría eran los mismos que David recordaba, lo que hablaba del carácter austero de sus padres, que, aunque acomodados, nunca pretendieron ser más de lo que eran.

Con la luz del sol aparecieron los fantasmas. Una fila india de fantasmas se cubrían los ojos con Vuarnets, llevaban gorras de orejeras, Vans de cuadros y apodos como Tripitaka, Murmullo y Capulina. Entraron como una manada de salvajes y subieron los pies en los muebles y abrieron la nevera y encendieron la radio y sonaron *Red Barchetta*, prendiendo un tabaco allí mismo, en la sala de la vieja casona. David también era un fantasma, aun cuando parecía de carne y hueso. De todos los fantasmas, el más educado era Tommy, que bajó la radio, cerró la nevera y los mandó a callar. David le recordó que el General ya no estaba y que no había que hacer silencio ni tener miedo ni ser tan *etréi*. Tommy le recordaba que el único que *realmente* estaba muerto era él y que estaba viendo al General en el medio de la sala, allí mismo, en ese momento. David se cagó en el General y subió la música a todo volumen.

Entonces la ventana del balcón se estrelló con violencia contra su marco, el cristal cuarteándose de lado a lado, haciéndose casi polvo. El sonido estalló como un cartuchazo y recorrió toda la casa en menos de un segundo, estremeciendo a vivos y muertos por igual.

La ventana se estrelló solita. Todos lo habían visto.

Los fantasmas, cobardes al fin, se esfumaron en lo que se dice *Monkey Magic*. Los vivos quedaron en medio del salón, culpando a la brisa que a esa hora no soplaba, David comprendiendo que el General, aunque bajo tierra y devorado por gusanos, jamás moriría.

❖

—Se puede ir, Moreta.

—Pero doña Digna, si usted me necesita yo puedo...

—Le digo que estoy bien, Moreta. Se puede ir —recostada del espaldar de su cama, las piernas subidas en un almohadón que procuraba mejorar su circulación. El guardia se marchó renuente, dejándolos en la habitación, que, como el resto de la casa, lucía oscura y en silencio.

—¿Cómo te llamas, querida?

—Umi. Iluminada.

—Iluminada. Como mi hermana. Acércate un poco. Déjame verte —acomodándose unas lentillas, como si evaluara una estampilla o un collar de perlas.

La chica se acercó a la cama y entró a la luz que proyectaba la lámpara de la mesa de noche. Sus rasgos eran finos —la ascendencia italiana clara y presente— pero era una belleza abandonada, pensó la Viuda. Su pelo sucio y recogido, sus uñas cortas, la piel deshidratada y sin maquillar. No existía en ella el más mínimo esfuerzo por ser hermosa. La Viuda, por el contrario, había sido por muchas décadas la mujer más presumida de Gazcue, en su tocador tenía una batería de cremas, pomadas, perfumes, lápices de labios, esmaltes de uñas y fijadores de pelo a los que acudía a diario y en orden, a veces para ella, siempre para su esposo.

—Eres muy linda, querida.

Este era el resultado de su evaluación, y aunque no mentía, tampoco decía toda la verdad. La Viuda nunca decía todo lo que pensaba. Iniciaba oraciones que nunca terminaba por vergüenza o por recato, dejando cientos de verdades por la mitad, lanzadas al aire como premisas de algo importante que nunca concluiría.

—Gracias —contestó Umi, buscando con la mirada a David que se paseaba lentamente por la habitación, asombrado por las innumerables pinturas de Jesucristo, los rosarios colgados en los espejos, las imágenes de santos y el pequeño altar que la Viuda había armado en una esquina. Era obvio —y un tanto irónico— que en todos estos años la fe de la Viuda se hubiese multiplicado. Perder a su hijo la había acercado más a Dios y a su parroquia, donde encontró refugio y conformidad en su desempeño como madre. Dios la había enseñado a perdonar y a perdonarse, y no había en el mundo suficientes altares para retribuirle su gracia y su bondad.

—David...

David se dio la vuelta. Umi le rogaba con la mirada que la acompañase. Finalmente, el hijo pródigo se acercó a la cama y se sentó junto a su madre. La Viuda había envejecido treinta años en un día: las arrugas ahondadas, el pelo en parches, el garbo y la elegancia del día anterior reemplazados por un rostro gastado, de surcos profundos. David se sintió responsable, pero solo un segundo. No tenía tiempo para arrepentimientos, así como la Viuda no tenía tiempo para saludos.

—Tu papá fue un hombre difícil, David. Un hombre testarudo, seco. Sé que ustedes tuvieron una vida muy...

—Se interrumpió y lo pensó mejor—. Ustedes eran muy distintos. Pero nadie se merece lo que hiciste, mi'jo.

David midió bien sus palabras. Sabía que no tenía muchas oportunidades y quería ser preciso.

—Digna, no vine a hacerte daño.

Esta parte era cierta.

La Viuda le creyó. Sus ojos se llenaron de lágrimas y le contestó:

—Nunca devolviste nada. Ni llamadas, ni cartas. Nada. Intenté tanto hablar contigo...

—Pero no lo intentaste suficiente, Digna. Nunca hiciste suficiente. Nunca. Tú sabías quién era el General. Sabías todo lo que era y...

—¡La gente hace lo que puede! ¡Yo hice lo mejor que pude! —La Viuda, que nunca levantaba la voz, levantó la voz; las palabras de su sacerdote ahora en su boca, absolviéndola nueva vez de cualquier debilidad—. ¡¿Nunca pensaste eso, muchacho de la mierda?! —todo su cuerpo temblando como una hoja, las paredes de la casa temblando desde lo más alto. —¿Nunca lo pensaste, hijo? —retomando el tono en el que habitaba por casi ochenta años, procurando la última absolución, la única que realmente le importaba. Se había confesado allí, frente a una extraña, y ya no quedaba en su corazón nada más que ofrecerle a su hijo.

Por supuesto que David lo había pensado. Lo había pensado cientos de veces. Había gastado media vida asignando culpas y su madre se llevaba un buen pedazo. Lo próximo que le diría sería tan importante como cualquier cosa que le diría en toda su vida.

—Ya pasó. Todos tuvimos culpa. No importa, mamá.

Mamá. Treinta años sin decir *mamá*. Sus labios habían olvidado cómo se pronunciaba la palabra. La había querido decir alguna vez, pero nunca tuvo la oportunidad, así que nunca más la volvió a practicar. *Mamá*. Recordó el libro *Nacho* y las primeras sílabas que aprendió. Susurró la palabra una vez más y sintió su boca llenarse de jazmín y de plumas de pájaros de muchos colores.

La Viuda se atrevió a tocarle la mano y David no la rechazó. Ahora sin los guantes, reconoció aquellas manos manchadas de sol y de vejez, las venas gruesas y anchas atravesándolas como ríos verdes, caudalosos.

Así duraron un tiempo, acariciándose las manos sin vergüenza.

Una tregua.

Moreta, que minutos antes había sentido las paredes temblar, asomó la cabeza. En sus manos una nueve milímetros sobada. No olvidaba la promesa de matar a David desde que pudiera.

—Estoy bien, Moreta.

—Doña, usté' necesita descansar. ¿Le llamo al Coronel?

David se paró de la cama y se acercó a la puerta. Moreta se retiró unas pulgadas hacia atrás y David la cerró sin ceremonia y sin rencor.

—Me cuidan mucho —volviendo a ser ella misma, casi pidiendo excusas por sentirse protegida. David le sirvió un vaso de agua y se lo llevó a la cama—. Mi único deseo era ver a mi familia junta de nuevo. Tú, tu hermano, tu papá, mis nietos. Todos sentados en la mesa grande del comedor. Yo preparándoles los pájaros esos que traían del monte. ¿Te acuerdas de las comidas de los domingos?

La Viuda sonrió como si estuviese viendo una película.

David asintió. El recuerdo no le daba para una sonrisa.

—Sí, me acuerdo.

—Todavía tenemos tiempo. Mañana es domingo. Hagamos una comida. Una gran comida, donde estemos juntos. Todos juntos otra vez.

David la miró, pero no le contestó. No era el tiempo de comidas ni de reuniones ni de perdón. El tiempo para eso había pasado muchos años antes. Su madre lo vio en sus ojos. Aun así, no se rindió.

—¿Tuvimos buenos momentos, ¿verdad, mi'jo?

David sonrió, pero no dijo nada.

La Viuda le acarició la mano. La caricia se extendió hasta los brazos, hasta la tinta enterrada en los poros, descolorida por el tiempo, por el sol y la lluvia del otro lado del mundo; en ella, toda la historia que no conocía de su hijo.

—Davicito, mi hermoso Davicito. Mi hijo. Tú no eres malo, mi hijo. Tú no eres malo.

David miró al suelo.

—Mi hijo, mi hermoso hijo.

No tenía nada que contestarle a eso.

Así duraron minutos, horas. La Viuda acariciando a su hijo, su hijo mirando las manos de su madre, perdido en sus uñas, elegantes y esmaltadas de rojo, tal y como las recordaba.

—¿Qué es eso?

—¿Qué es qué?

—Eso. ¿No lo oyen?

Nadie oía nada, sólo David. Se levantó y fue directamente a la puerta. Puso su oído sobre la madera y escuchó.

—¿En serio no lo oyen?

A lo lejos, un murmullo apenas perceptible. Abrió la puerta y miró a todos lados. Salió de la habitación y la puerta se estrelló, sellándose detrás. Moreta ya no estaba y los pasillos lucían largos y vacíos. Aunque afuera era mediodía, adentro se hizo medianoche.

Escuchó lo que definitivamente era una melodía. Provenía de una de las alas de la casa y sonaba a cuerdas: un chelo o un violín. David no pudo evitar perseguirla, hipnotizado. Era una melodía familiar, tocada medianamente bien. David aún no precisaba la pieza, pero el paso del arco, todo sonaba correcto, nada trascendental, pero alcanzaba para hacer sentir que algo estaba pasando y que la casa seguía estando viva.

La melodía doblaba por el pasillo que llevaba a las habitaciones. David creyó saber hacia dónde lo conducía. Sintió un frío por todo su cuerpo, un brochazo de hielo

—lo más parecido a miedo que había sentido en años— y aun así se dejó llevar, un paso delante del otro.

Se detuvo en medio del pasillo.

Presentía que alguien lo estaba siguiendo muy de cerca, tan de cerca que podía sentirlo respirar en el cuello, estudiando por encima de su hombro todos sus movimientos. Buscó valor y se dio la vuelta, pero no había nadie. Continuó caminando, pero el sentimiento nunca lo abandonó. El pasillo se estrechaba cada vez más hasta que solo cabía una persona, encogida de hombros y agachada en cuclillas.

Estaba parado fuera de la habitación desde donde salía la melodía, que ahora se escuchaba claramente. Duró varios minutos allí, con la mano en la perilla, sin atreverse a abrirla. Tenía la esperanza de que la puerta estuviese cerrada con llaves, pero no tuvo suerte. Cuando por fin se decidió, la perilla giró hacia la derecha y la puerta se abrió.

En el medio de la habitación, dándole la espalda a David, parado frente a una ventana que permitía pasar toda la luz que a la casa le faltaba, un chico tocaba un violín.

David entró lentamente, procurando no molestarle. Su respiración era agitada, y a pesar del frío que sentía en todo su cuerpo, las manos le sudaban. Cerró la puerta con cuidado, pero el chico ya sabía que no estaba solo.

La habitación era clara y todo estaba en desorden.

El chico continuó tocando hasta que la pieza concluyó. Se dio la vuelta, bajó el violín y miró por encima del hombro de David, saludando a la figura que lo había escoltado por todo el pasillo y que estaba parada justo detrás.

—General.

David se dio la vuelta y allí estaba el General, vivo y sano y con cincuenta años. David sintió un estrujón en el pecho que casi lo tumba al suelo, pero encontró fuerzas y se mantuvo de pie. Miró de nuevo al frente y se reconoció en el chico, ahora con doce años.

El General olía a tabaco y a ron. Llevaba los pantalones kakis y la camisilla de los domingos. Aunque no estaba borracho —porque nunca se emborrachaba— el alcohol en cantidad lo desfiguraba, dándole ángulos y filos a un rostro cuadrado a base de soga y palos.

El niño se quedó parado allí donde estaba y no dijo palabra mientras el General recorría la habitación, despacio como un reptil. Conocía a su padre lo suficiente para saber que era mejor hacer silencio y esperar. El General caminó con asco por encima de todo el desorden desparramado en el piso, evitando resbalarse por pulgadas con un patín que se escondía debajo de una montaña de ropa sucia. El General pateó con rabia la tabla, que fue a parar contra una pared, haciendo pedazos la raqueta de tenis preferida de David.

Se paró frente a un póster de Mötley Crüe -Shout at the Devil, todo un poema- y tuvo que hacer un esfuerzo por no vomitar. Lo arrancó de un tirón de la pared y lo sostuvo en sus manos: la degeneración completa de la raza humana empacada en un solo cuadro. Cuatro hombres maquillados, con el pelo alborotado y fabuloso, escupiéndole el descaro y la desfachatez de aquellos tiempos. Si tan solo estudiasen en la UASD, universidad primada de América, hogar de los más destacados estudiantes, profesores y profesionales que ha tenido la República. Hogar de huelguistas, sindicalistas y trepadores donde terminar una carrera puede durar toda una vida, campus donde el General llegó a ser rey en época de disturbios.

Si tan solo le cayesen cerca en una huelga, para enseñarles lo que es un hombre.

—¿Qué es esta mierda? ¿Quiéne´ son estos maricones? —con todo el desprecio que pudo acumular en tan poco tiempo.

David intentó contestar, pero el General no esperaba una respuesta. Dejó el póster tirado en el suelo y continuó avanzando. El escritorio del chico estaba repleto de medallas, trofeos y reconocimientos. El General tomó un trofeo de natación y lo examinó. *Club Arroyo Hondo, Primer Lugar, Categoría 9 a 10 Años*. David se entusiasmó. Su padre tenía en sus manos los resultados de sus esfuerzos y talentos.

—Tengo competencia este fin de semana.

—Vamo´ pal monte este fin de semana —dejando el trofeo en el escritorio.

—Pero no puedo... seguro perdemos si no voy.

El General, ahora gigante y peligroso, frente al niño. El sudor corriendo por su frente, el hedor del cigarro goteando de sus poros.

—¿Y tu escopeta?

—¿Qu-Qué?

—¿Te quedaste sordo oyendo esta mierda? Tu escopeta. ¿Dónde está?

David dejó el violín sobre la cama y fue al closet, sintiendo la mirada de su padre perseguirlo por la habitación. No recordaba donde había dejado la escopeta. Su estómago se amarró en un nudo y le rogó a Dios que el arma estuviese en el armario. Movió pilas de ropa mientras el General perdía la paciencia, resoplando maldiciones. Encontró el estuche tirado en una esquina y respiró, lo sacó del closet y se lo pasó a su padre. El General corrió el zipper y la escopeta apareció. Una Winchester calibre doce, mucho más que lo que un mierdita de doce años como este se merecía, pensó y quizás hasta murmuró, mientras acariciaba la terminación de la culata y las curvas del gatillo. La miró por todos lados y la apostó contra su cuerpo como si fuese a descargarla. El General y el arma eran una sola cosa, una estatua en la que no se sabe dónde empieza uno y donde termina la otra. Duró unos minutos apuntando a un blanco imaginario, perdido en la posibilidad de dispararle a algo que estuviese vivo y de eliminarlo para siempre. David sintió el olor a ron, y dio gracias a Dios de que el arma no estuviese cargada.

Le pasó los dedos por encima al cañón y encontró una delgada capa de polvo que se había asentado en el metal. La recorrió repugnado, limpiándose los dedos del pantalón y soplando el cañón hasta asegurarse de que había quedado limpio.

Era posible que el General se decepcionara del chico más de lo que ya lo estaba.

—¿Tú crees que tener un arma es como tener al perro ese que ni tú ni tu hermano atienden? Muchacho de la mierda. ¿Hace cuánto que no le pasas ni un paño por encima?

David no dijo nada. Su vida entera se la había pasado debatiendo sobre cuándo debía responderle a su padre y cuándo callar; todavía no lo tenía muy claro.

—¡Contéstame coño!

—Desde la última vez que fuimos al monte —con voz temblorosa.

—Y seguro limpias esa mierda tres veces al día —señalando el violín—. Tu mamá lo que está criando es un mariconcito, no joda.

David bajó la mirada. El General guardó el arma en su estuche y la cargó consigo.

—Me tumbas toda esta mariconería ahora mismo. Y aprende a respetar esta casa, será mejor.

—Sí, General.

—La próxima vez que encuentre la escopeta tirada en el clóset te vas a acordar de mí —una promesa que pesaba más que la pela misma.

—No vuelve a pasar, General —a punto de llorar, conteniéndose para no escuchar a su padre llamarle maricón o mujercita una vez más.

El General salió de la habitación, dejando un rastro de decepción y menosprecio detrás. David, que se preguntaba si algún día llegarían a entenderse, en ese momento se conformaba con saber algo tan simple como si su padre alguna vez lo había querido.

El General salió de la habitación, la puerta se cerró y pasaron tres décadas.

David estaba parado de nuevo en el cuarto de costura de la Viuda, maniquíes y vestidos y cortes de tela tirados por todos lados. Era el día después del entierro y había vivido toda una vida. El recuerdo se había marchado a lavar su automóvil y David podía respirar de nuevo. Se acercó al mismo closet donde guardaba alguna vez la escopeta. Vestidos y blusas se apilaban donde antes estaban sus cosas. Se arrodilló y buscó en la parte trasera del armario. Sus manos tentaron y movieron hasta que por fin la encontró.

Era una caja llena de sus trofeos, medallas y reconocimientos. En el fondo, sin cuerdas y sin clavijas, el violín. Le sacudió un poco el polvo y caminó hasta la ventana. La copa de la vieja caoba se mecía en el viento. Se colocó el violín en el hombro y pretendió tocar la melodía de la canción que lo había llevado de la mano hasta allí.

En ese momento recordó perfectamente cuál era.

I close my eyes
Only for a moment
And the moments gone
All my dreams
Pass before my eyes in curiosity...

Tenía décadas sin escuchar esa canción. La primera vez que tomó un violín lo hizo para aprenderla. Todo ese tiempo después se sentía ingenua y anticuada. Aun así, no pudo parar de tocarla.

Dust in the wind
All we are is dust in the wind...

Salió de la habitación con el violín debajo del brazo y se detuvo frente a una mesa llena de portarretratos. Decenas de recuerdos familiares, enmarcados uno tras otro, saltaban entre años y generaciones sin ningún orden. Los hijos de Darío se intercalaban con la boda de sus padres y algún cumpleaños de su cuñada se ocultaba justo detrás del nacimiento de un bebé que David no reconocía. Fotografías en blanco y negro de antiguas generaciones ocupaban los mejores lugares de la mesa, como si los ancestros tuviesen justa preferencia sobre las nuevas camadas y sus *selfie sticks*, sus *Photoshops* y sus marcos de Ikea.

Setenta años acomodados en una mesa.

Tantas cosas que David no había vivido, tantos días y ocasiones que no regresarían. Bautizos, graduaciones y cumpleaños, abrazos y felicitaciones. Estaba seguro que no encontraría ningún recuerdo suyo allí, por eso se sorprendió tanto cuando descubrió la fotografía en una esquina de la mesa, el marco cojo, la imagen sepia cubierta de tiempo. No marcaba la fecha, pero el niño debía tener once años y la estatura de la escopeta que cargaba a su lado: estaba en el medio del monte y mostraba un puñado de pájaros muertos al fotógrafo. Tenía los pájaros levantados al aire. Decenas de rolones amarrados y listos para ser cocinados (más trofeos de cacería que alimento). El chico no lucía emocionado ni orgulloso de lo que había logrado. Más bien lucía cansado y desafiante. Levantaba los pájaros y miraba a la cámara, sus ojos agudos y fijos sobre el lente, como diciendo: «Miren aquí. Miren lo que he traído. Miren lo que he hecho».

Recordaba perfectamente ese viaje.

Es viernes por la tarde y los muchachos acaban de salir del colegio. Llevan los uniformes del Loyola sucios y sudados. El Loyola es un colegio de padres jesuitas de gran tradición, exclusivo de varones. En estos años antes de la gran conquista cultural gringa y la consecuente proliferación de colegios bilingües, el Loyola forma parte de la cúpula educativa y social de la capital.

Un cabo los ha ido a buscar en una camioneta del ejército que brinca como una mula. Los chicos disfrutan montarse en la parte trasera, pero entre el calor y las apariencias, hoy pelean por el asiento delantero, por el control del radio y del aire acondicionado.

Entran a la casa y van directo al comedor donde el almuerzo ya está servido. El General ha llegado temprano, y está sentado en la silla del extremo. Digna preparó tanta comida que alcanzaría para tres familias cuando solo hay cinco puestos en la mesa, una costumbre que acarreaba desde los tiempos de Trujillo, cuando las familias pudientes servían comida a todo un pueblo de manera cotidiana. Arroz blanco con habichuelas rojas, pollo guisado, arepitas de yuca y ensalada verde. Todo en cantidad. Sobre la estufa, casi lo mismo que hay servido sobre la mesa.

Los muchachos se sientan, pero Digna los manda a lavarse las manos. Cuando regresan, el General ya está terminando. El General no espera por nadie y come sin levantar la cabeza del plato, haciendo sonidos que no se les permitirían a sus hijos pero que nadie es capaz de señalarle. Utiliza solo una cuchara y la agarra brusca- mente, como empuñando una pala. Toda su vida ha comido de la misma manera, sin importar que los comensales fuesen Balaguer, la plana mayor del ejército o un humilde guardia de frontera. Finaliza tomando un vaso de agua de una sentada, levantándose de la mesa y limpiándose la boca con las manos.

La Viuda, que apenas ha tenido tiempo para tocar su comida, le pregunta exactamente lo mismo que le pregunta todos los días. Una pregunta cuya respuesta le da sentido a toda su vida y sobre la cual agoniza horas y horas todas las mañanas.

—¿Estaba buena, viejo?

El General contesta inequívocamente con un sonido gutural que aprueba todo lo que hay sobre la mesa. Esta aprobación es toda para la Viuda, que sabe muy bien que la indiferencia del General no supone que no la ama.

Aunque es casi seguro que nunca ha dicho esas palabras en toda su vida, el General la ama de una manera tácita. Se enamoró de la Viuda cuando tenían dieciocho años y se casaron cuando aún no cumplían veinte. Con una educación de primaria, y sin un centavo a su nombre, el General no le tenía miedo al futuro. Había dejado la escuela en sexto grado para trabajar la tierra y ayudar a su familia a sobrevivir. La Viuda se enamoró de ese hombre que hablaba poco, pero hacía mucho, un hombre consecuente con lo que creía, seguro de sí mismo; un hombre cortado por una tijera muy antigua, que nunca sintió la necesidad de ser cariñoso con sus hijos porque nadie fue cariñoso con él, y aun así, se había criado y había salido hacia adelante en la vida sin quejarse y sin llorar. El General atribuía su éxito a esa educación estricta y austera que sus padres recibieron de sus padres y que le inculcaron, y que ahora intentaba inculcar a sus hijos, en este mundo cada vez más blandito y sensible. La Viuda nunca intervino en la relación del General con los muchachos, no porque no fuese prudente, sino porque el General nunca se lo permitiría. Sus convicciones no admitían cuestionamientos ni persuasiones. Así que la Viuda se pasó su vida siendo la mujer más amorosa y complaciente del mundo con sus muchachos, tratando de compensar todo lo que su padre les negaba, y que les era imposible reclamarle.

Había otras mujeres y probablemente otros hijos. La Viuda lo sabía, pero nunca dijo nada. Ninguna mujer significaba más para el General que ella y eso era suficiente. Desde el primer momento entendió que hombres como ese no pertenecen a nadie, y mucho menos a una sola mujer. Hombres como ese pertenecen al destino, a la historia, a algo mucho más grande que la cotidianeidad de una casa en Gazcue. Por eso se conformaba con que regresara todas las noches y durmiera a su lado, con que la respetara en público, con que prefiriera su sazón al de cualquier otra, y con que los domingos, cuando regresaban de misa y todos se habían acostado, la sacara a bailar boleros y guarachas en el balcón de la casona y la apretara y la hiciera sentir la mujer más importante del mundo.

—Qué bueno que te gustó— se alegra la Viuda, recogiendo los platos de la mesa, conforme con Dios y agradecida con su puesto en el universo.

El General enciende la televisión y se recuesta en su sillón reclinable. El noticiero habla de la firma de un pacto con el FMI, del alza de los alimentos y de posibles huelgas al gobierno de Salvador Jorge Blanco, huelgas que se convertirían en La Poblada del 1984, tres días de violencia, saqueos y muerte en todo el país, donde el General se dio gusto #IYKWIM–.

El General se interesa, aun cuando sabe más que cualquier noticiero lo que viene sucediendo. La República vive momentos difíciles, y necesita de hombres como él: hombres de compromiso, incondicionales, hombres que nunca salen en noticieros pero que hacen noticias, hombres que mueven el país hacia una dirección o hacia otra sin que nadie los premie ni los reconozca.

Los muchachos comen en silencio. Los anuncios comerciales aparecen, seguidos de los deportes y las económicas. Nada de esto le importa al General, que cierra los ojos y en cuestión de segundos ya ronca como un viejo motor.

A las dos y quince de la tarde le toca el turno a *El Chavo del Ocho* y la familia completa se sienta frente al televisor. El General despierta, se estruja la cara varias veces, sube el volumen y ríe con ganas, uno de los pocos momentos en que David recuerda a su padre riendo, un fallo en la matriz.

Y es que ni los asesinos pueden resistirse al Chavo.

Los chicos, tirados en el suelo, tampoco paran de reír. Hasta Digna toma un descanso y se sienta en el sofá a tomarse una taza de café antes de que los hombres de la casa se marchen.

En este episodio, Don Ramón enseña al Chavo a tocar guitarra. El Chavo toca la guitarra al revés, en una rutina digna de Abbott y Costello. Los chicos ríen de nuevo y son todo lo felices que como familia serán en toda su vida. El General ha vuelto a dormitar, la Viuda termina su café y se levanta a preparar las meriendas que se llevarán al monte.

El Chavo pone de su parte y Don Ramón, con voz de trovador, rasga las cuerdas.

Quiero ver
otra vez
tus ojitos de noche serena...

❖

Son casi las cuatro de la tarde y los guardias de la casa cargan el automóvil. El General siempre viaja en el Caprice, que en una autopista se siente más bien como un Boeing 727. La cacería es en Los Llanos, un paraje de Hato Mayor a casi dos horas de la ciudad. Si salen ahora, llegarían cayendo la noche, con apenas tiempo suficiente para levantar el pequeño campamento y descansar hasta el amanecer.

Darío carga su propia escopeta y sus municiones. Es cuidadoso y metódico como su padre. Las atribuciones que el chico posee se podrían considerar aburridas: confiable, callado, obediente. Todo parece darle más trabajo de la cuenta, pero nunca se queja. Su pelo rizo, su tez mestiza y su nariz ancha lo hacen una versión cocola del General. Su madre le llama *mi negro*, con una mezcla de cariño y sorpresa por la herencia desconocida que tenían guardada. David, por su parte, lleva apenas un grupo de paquitos de Archie y postalitas de béisbol en una mochila, el guardia cargando su equipaje hasta el baúl. Es el niño lindo de su madre, aun cuando es su hermano mayor el que se desvive por ella. Cuando pequeño parecía un bebé de compota *Gerber*, de los que aparecen en las etiquetas de pañales y cereales. Las señoras del barrio cruzaban a diario a ver a aquel "americanito" simpático y llorón que se iba con todas las que quisieran cargarlo. Pocos agrados más poderosos para un bebé nacido en Santo Domingo que "americanito", y así nunca gateó, porque todo el mundo quería tenerlo en brazos; todo el mundo menos el General, que siempre lo midió como más ñoño de la cuenta: un niño que lloraba o sonreía y de inmediato conseguía lo que quería.

La Viuda los llama antes de irse y les besa en la cabeza, dándole un abrazo ligeramente más largo a su hijo pequeño, a quien llama *mi rubio* con el orgullo de quien ha parido la mejoría de su raza. El niño trata de zafarse y correr hacia el automóvil antes que su hermano pueda montarse adelante. Ambos chicos toman el manubrio de la puerta al mismo tiempo.

—Suelta.

—Suelta tú. Fuiste alante la última vez.

—Soy el más grande. Suelta antes que llegue...

—Suelta tú.

El General se acerca al automóvil y les grita.

—¡¿Me van a romper el manubrio, malditos muchachos del coño?!

Señala a David.

—Tú, móntate atrás.

—Pero él siempre se monta alante.

—Muchacho de la mierda, ¿me vas a hacer encojonar? —una pregunta retórica que completa la santa trilogía de las amenazas.

David suelta el manubrio de mala gana. Darío sonríe y se monta adelante. David entra al auto y sutilmente rueda los jeans sobre el terminado de piel de los asientos, buscando rayarlo o al menos debilitarlo. El General lo mira por el retrovisor y David se sienta derecho, sin moverse.

❖

El camino hacia Los Llanos es silencioso. El General escucha una guaracha tras otra, David se pierde en una historieta, Darío se conforma con mirar la carretera y comer las meriendas que Digna les ha empacado.

El General es un hombre de poco conversar. Hijo de agricultores de Constanza, llegó a la capital en el año 1955, justo en el medio de la Fiesta de la Paz y Confraternidad del Mundo Libre. Allí tuvo la oportunidad de acercarse al Generalísimo cuando se montaba en su Chevrolet, al salir de un discurso en el Cabildo de Ciudad Trujillo. Para un chico de dieciocho años que nunca había bajado de la loma, estar de repente tan cerca de un hombre como Trujillo fue demasiado. Nunca había sentido algo así en su vida y nunca volvería a sentirlo. Quedó alucinado con la figura, con el aura que lo envolvía y con el auto que lo llevaba. En ese mismo instante juró lealtad al dictador. Primero en su corazón, y horas después en la milicia. A la mañana siguiente se enganchó al ejército, donde se destacó rápidamente a base de sangre y fuego, ascendiendo de rangos con la velocidad reservada para familiares del Tirano. Cada ramo que obtuvo se lo ganó; su fama de guardia recto y sin escrúpulos precediéndolo y dándole finalmente el puesto que se merecía cuando Joaquín Balaguer, la versión pop y aguada de Rafael Leonidas, tomó el poder en el 1966, y no volvió a soltarlo hasta varios siglos más tarde.

Todo sobre Trujillo le era mágico. Le maravillaba como un humilde guardia de San Cristóbal elevó un país pequeño (y mediocre cuando más), a nivel de potencia mundial (esto ha sido ampliamente rebatido, pero el General no cedería un centímetro de sus creencias). Los resultados estaban ahí: la eficiencia con la que se manejaban las instituciones, la prosperidad, la educación, el respeto y la seguridad que el ciudadano típico sentía, siempre y cuando no fuese un inadaptado social. En estos últimos casos y sus documentadas consecuencias, estaba convencido de que el bien común justificaba los medios.

Treinta años después, su admiración por el dictador no había disminuido un ápice. Por el contrario, no pasaba un día en que no reclamara, entre dientes, la aparición de algún hombre con los cojones del Chivo para arreglar aquello que sucedía en las esquinas, en las discotecas, en los colmadones de Santo Domingo.

En la carretera ya oscurece y ha empezado a llover. Cruzan la entrada de Hato Mayor, justo antes del parador donde compran los quesos que se llevan al monte. El General baja la velocidad y enciende los limpiavidrios. Una patrulla estacionada en el paseo se resguarda de la lluvia y el General le da cambio de luces, saludando su esfuerzo.

La memoria es una máquina caprichosa.

David no lograba recordar algo tan inequívoco como el color de los ojos de su padre, sin embargo, todos los detalles de aquella tarde le llegaron corriendo, claros y precisos. El Caprice flotando como una nave espacial sobre el asfalto, el repiqueteo de las gotas sobre el techo del auto, las luces del camino transformadas en diamantes temblorosos, y los cañaverales, grises y sospechosos, marcando la ruta.

—Va a llover —observó Darío.

—Está por eso —contestó el General.

—¿Nos vamos a devolver? —preguntó David.

Los Llanos se ha vuelto un lodazal. Desde las pequeñas casuchas alumbradas por lámparas de kerosene aparecen siluetas curiosas, preguntándose quién piensa meterse al monte a esta hora y entre tanto lodo.

El Caprice resbala sobre el estrecho camino como si rodase sobre mantequilla. El General apaga el radio y mete el guía para todos lados, tratando de controlar la bestia, maldiciendo entre dientes la situación. Cuando por fin consigue detenerse, la lluvia también ha parado y el lodo cubre la mitad del automóvil.

«Apéense, que hasta aquí llegamos».

Los chicos obedecen en silencio. El General baja del automóvil. Está de peor humor que de costumbre, si esto es posible. Enciende un cigarrillo y se da una larga calada. Suelta el humo por la nariz y mira hacia el cielo, los últimos minutos de luz que le quedan al día.

Una camioneta con dos guardias llega poco tiempo después y se parquea a unos cuantos metros del Caprice. Son los mochileros que ayudarán en la cacería. Se acercan saludando tímidamente, poniéndose a disposición del superior para lo que necesite. Todos los guardias son el mismo guardia para el General, que abriendo el baúl da la primera orden sin decir una palabra. Los mochileros desempacan, bajando el equipaje y las armas. El General toma tres chalecos de camuflaje y le pasa uno a cada uno de los chicos, mientras cierra y asegura el auto por todos lados.

Los guardias levantan el equipaje y se disponen a seguir al General monte adentro, pero el General tiene otros planes. Señala a uno de los dos.

—Usted, se queda cuidando el carro. Lo quiero limpio y desenchivado para cuando salgamos —. La decisión la toma sin ningún capricho ni emoción. Una orden en su estado más puro.

El guardia erguido, ahora en funciones de sereno, le contesta.

—Sí señor —, dejando todo el equipaje en el piso.

—Ustedes dos, carguen eso —, a los chicos, adentrándose en la espesa vegetación del monte, levantando las botas más que de costumbre, procurando no quedarse estancado en el lodo que para este momento le llega a las rodillas.

Los chicos obedecen sin entusiasmo. Se tiran las pesadas mochilas al hombro, y se preparan para seguirlo.

—¿Y él? ¿Se va a quedar dos días cuidando un carro? ¿Sin agua y sin comida?

David se preocupa por el pobre hombre, que a nadie más parece importarle.

—El guardia no pregunta. Obedece.

Su hermano le repite la frase que ha escuchado de su padre cientos de veces.

—No tiene comida, Darío. ¿De verdad lo vamos a dejar?

Se preguntan y se contestan uno al otro como si el guardia no estuviese parado allí mismo, frente a ellos. Es una vieja costumbre en su casa y ni siquiera es considerada mala educación: discutir como si la ayuda no estuviese presente, escuchando en silencio todo lo que se dice y se decide sobre ellos sin poder abrir la boca.

—Camina —le ordena Darío.

David lo sigue sin convencimiento. El sereno descansa a medida que el grupo de cacería se aleja. Le esperan dos días en aquel lugar. Sus hombros caen hasta el piso, y en silencio maldice su suerte.

David saca una cantimplora de su mochila y se devuelve corriendo rumbo al automóvil.

—¡David! —, le grita Darío, pero David no le escucha y ya está al lado del sereno, ofreciéndole la cantimplora.

—Toma.

El sereno lo mira con el rabillo del ojo, pero no se mueve.

—Toma la cantimplora.

La cantimplora es la última oportunidad segura de agua que el guardia tiene hasta el domingo. Abandonar el puesto no es una posibilidad, no solo por lo que puede pasarle si el General decide bajar antes del monte, sino por una cuestión de principios.

—Toma la cantimplora. Es una orden, idiota.

Se desespera, no entiende bien cómo un hombre no es capaz de decidir por sí mismo, ni siquiera cuando significa su supervivencia.

El sereno, en un momento de debilidad, amaga con tomarla, pero se detiene en seco. Escucha unas ramas moverse. El General se ha devuelto.

—¡¿Qué es lo que está pasando, coño?! Nos va a coger la noche en el trillo, no joda.

Une una palabra con la otra en una maldición rítmica y sin pausa que comanda a obedecer sin averiguar.

El sereno, más erguido que nunca, ignora al niño, que ha bajado la cantimplora y ya no insiste, sino que lo mira con asco, defraudado. El General retoma el camino del monte, ahora seguido por el mochilero y los dos chicos que caminan con dificultad entre el lodo, resbalando cada cierto tiempo y volviendo a levantarse, tratando de mantener el ritmo y de no quedarse atrás.

El sereno los observa marcharse. Esta vez nadie se da la vuelta.

Avanzan monte adentro en silencio. La sabana está a un kilómetro de donde dejaron el automóvil. En condiciones normales treinta minutos de camino. Hoy, casi el doble.

Encienden linternas y lámparas de gas. El General dirige la expedición con paso firme. La luna ha aparecido y ayuda con la claridad. Los sonidos del monte también aparecen: güaragüaos, grillos, sapos y uno que otro burro suenan en la distancia.

—Mariscal pasando lista y dice que falta coronel...

David arranca la cadena de *Mariscal*. Lo jugaban con frecuencia en el barrio y David no fallaba un rango. El que fallaba el rango perdía. Ahora espera que alguien le siga la corriente. Darío se encuentra el juego demasiado infantil y no le hace caso. El mochilero no se atreve a contestar.

David repite.

—Mariscal pasando lista y dice que falta coronel...

Nada.

—Coronel nunca falta —decide contestarse él mismo—. ¿Quién falta? Mayor...

Nada. El juego es aburrido si nadie participa. Se contesta de nuevo.

—Mayor nunca falta. ¿Quién falta?...

Silencio.

—Oye, tú, te estoy hablando. ¿Quién falta? —al mochilero, que mira hacia la punta de la fila, donde el General los ha dejado atrás.

—Capitán... —el mochilero finalmente contesta.

David, satisfecho, continúa.

—Capitán nunca falta.

—¿Y quién falta?

—Teniente.

—Teniente nunca falta.

El juego los ayuda con el trillo. Ahora caminan a un ritmo más ligero, el camino volviéndose tolerable, la carga sobre sus espaldas más liviana.

—¿Y quién falta?

—Sargento.

Sargento nunca falta.

—¿Y quién falt...?

El disparo cruza por encima de la cabeza de todos, interrumpiendo de golpe la cadena, el fogonazo partiendo la oscuridad, todos tirándose al piso; todos menos el General, que parado al tope de la ladera, deja caer el cartucho vacío al suelo, mostrándole al mochilero la silueta del zarnícaro que ha caído de una de las palmas que apuntan como columnas hacia el cielo.

El mochilero suelta todo y se echa a correr en dirección al gavilán muerto.

El General sopla la recámara antes de recargar la escopeta, en sus labios lo que parecería una sonrisa. Tan extraño es verlo sonreír que David no reconoce el orden de sus dientes ni el espesor de sus encías. Coloca otro cartucho en posición y cierra la escopeta. Fin del juego.

—General...

—¿Qu-qué?

—*General* nunca falta —le contesta el padre, dándole la espalda, retomando el camino a la sabana, donde reinará a sus anchas como un César, al menos por lo que queda del fin de semana.

❖

Antes de que amanezca ya están en pie. La noche ha transcurrido en calma. El camino y el lodo cansándolos hasta la inconsciencia. Ahora el sol aparece y encuentra al grupo envuelto entre la maleza, esperando pacientemente descargar plomo contra lo que se atreva a cruzar el cielo.

Esperan en silencio, no tanto por ahuyentar las presas, sino porque en realidad no tienen mucho que decirse.

David odia la cacería. Debería estar en la piscina del Club Naco para la competencia que terminará perdiéndose esa tarde, pero tiene once años y poco que argumentar. Odia la cacería por aburrida, no por ningún compás moral que lo llene de remordimientos ni mucho menos. Ha crecido entre armas y municiones, entre animales destripados y pájaros repletos de perdigones. Todo le resulta natural. Aburrido, pero natural.

Quizás es la lluvia o los pájaros ya han emigrado, pero no se ha descargado un arma en casi tres horas. El General abandona la espera y se deja caer sobre la maleza, cubriéndose del sol con su sombrero de infantería. Mastica un largo tallo de hierba. Está más a gusto aquí que en cualquier otro lugar del mundo, a excepción quizás de una fortaleza o de una huelga.

David, inquieto, no deja de moverse.

—Tate quieto, David. Estás espantando los pájaros —le reclama el hermano.

—¿Estás viendo algún pájaro? Además, estoy aburrío.

—¿Te aburre la cacería, David? —pregunta el General sin moverse de su lugar ni levantarse el sombrero.

—No, señor —contesta casi por instinto.

La pleitesía le ha salido más cobarde de la cuenta. Piensa en el guardia al lado del Caprice, en la noche que tuvo que haber pasado, los mosquitos devorando piel y sacando sangre, el hambre en las tripas y la sed en la garganta, la humillación y la madrugada que no se decidía a llegar.

—Sí, me aburre mucho la cacería —inflando el pecho—. También tengo hambre... y... y quiero irme.

Darío no cree lo que escucha. David tampoco, pero no retrocede.

—Entonces estás aburrido, tienes hambre y quieres irte.

—Sí. Quiero irme.

—¿Y tú, Darío? ¿También estás aburrido, tienes hambre y quieres irte?

—No, General. Me gusta el monte y me gusta cazar.

El General, debajo del sombrero, aprueba con sonidos la respuesta.

—Entonces explícale a tu hermano por qué es importante cazar su propia comida y no esperar a que le resuelvan la vida. Después explícale que un guardia no se queja, no averigua ni pregunta: *un guardia obedece*.

—Pero un guardia no es un... —David lo interrumpe, pero El General continúa, ahora más alto.

—¡Usted se calla la boca cuando le están hablando, coño!

La voz del General pasa a infernal en un segundo.

El chico cierra la boca y el General retorna a su tono condescendiente original.

—Y por último explícale la suerte que tiene que yo no me pare de aquí ahora mismo y le parta la boca de un culatazo.

Darío mira a su hermano.

—Él sabe todo eso, General.

—Pues si lo sabe y sigue jodiendo, es más idiota de lo que parece.

Darío no puede aguantar la risa. David aprieta la boca y vuelve a pensar en el sereno al lado del Caprice. Una cucaracha sin huesos y sin voluntad. En ese momento son la misma cosa, David, el sereno y la cucaracha. Observa a su padre, tendido sobre la grama. Toma la escopeta que tiene a su lado. Pudiese matarlo ahí mismo y no le pasaría nada. Es un niño y los niños no van a la cárcel y si van terminan soltándolos. Su padre la tiene cogida con él desde que recuerda. Podría matarlo y saldría de eso ahí mismo. El General no se preocupa. Cientos de hombres mejores que un mierdita han querido matarlo y no han tenido las herramientas o los cojones para hacerlo. David tiene en sus manos las herramientas, pero todavía no tiene los cojones. Todavía, porque quizás más adelante los tendría.

El General no siente miedo, pero siente curiosidad. Ha olido algo y se levanta el sombrero para confirmarlo.

En efecto, su hijo huele a odio. El odio es un aroma poderoso y el General lo ha olido miles de veces; en cárceles y en batallones, en cementerios y en cuarteles, en barrios y en revoluciones, en redadas y en huelgas, en ejecuciones y en La Cuarenta, aquella cárcel hogar de sabandijas y torturadores. Lo ha olido tanto que lo reconoce a la distancia, aunque venga mezclado con sangre, con orín o con pólvora.

Ahora se incorpora y mira al chico a la cara, que se aferra a la escopeta deseando hacerle lo que nadie ha podido hacerle hasta ahora.

—¿Qué?

El chico quisiera contestarle con un disparo en la cara, pero no lo hace. El General vuelve a recostarse, colocando el sombrero sobre sus ojos, masticando el largo tallo de hierba, dando por terminado el entretenimiento. Las lágrimas corren por las mejillas del niño, que se limpia la nariz y toma su mochila en las manos. Se lanza la escopeta sobre el hombro y marcha monte adentro, por el lugar donde la maleza se vuelve alta y espesa y se convierte en bosque: el lugar por donde nunca nadie va. Darío lo ve marcharse. El mochilero, que no ha dicho palabra, advierte.

—Se ta yendo el niño. Por ahí e' peligroso.

—¡David!, Coño. ¡David!

Darío no se aguanta, pero David sigue caminando.

—Papá, se está yendo pa' la cañada, dígale algo…

El General se acomoda sobre un costado y sin levantarse el sombrero le contesta.

—Tiene viniendo desde los cinco años y sabe bien lo que hay por ahí. Si se pierde, 'ta bien perdío.

El niño se desapareció a las diez de la mañana, rumbo al derricadero que llaman *La Cañada.*

La Cañada es un embudo de laderas resbalosas y lomas empinadas. Decenas de caballos y burros han rodado hasta su muerte en el fondo rocoso cubierto por maleza que sepulta a todo cuanto cae. Ya son las cinco de la tarde y el niño no ha vuelto. Darío ha insistido en salir a buscarlo, pero el General no ha hecho caso, con todo y que dentro de una hora caerá la noche y será imposible encontrar el regreso al campamento.

Darío presiente lo peor. Carga un frío en el estómago desde hace horas y solo piensa en cómo decírselo a su madre. «David... se perdió, mami». Digna llorará y Darío se defenderá. Quizás le crean, pero él sabrá que pudo haber hecho más. Darío y sus sentimientos de culpa. Por su parte, el General se ha tendido en su catre y dormita sin remordimientos, como si supiera algo que Darío no sabe. Ha puesto a cientos, miles, de hombres a prueba y, sin equivocación, ha sabido de qué están hechos, mucho antes de que los hombres mismos lo supieran.

El reloj marca las cinco y treinta y Darío no se aguanta. Ha bordeado los matorrales que llevan a *La Cañada* decenas de veces gritando, llamando el nombre de su hermano. Ahora regresa exhausto al campamento, decidido a obligar al General a pedir ayuda. Entra a la casa de campaña y le toca el catre suavemente.

—Papá, hay que hacer algo. Va a ser de noche…

Antes de que le puedan contestar, se escucha desde afuera.

—¡General! —. El mochilero, que cortaba leña para la fogata de la noche, señala hacia la maleza —. ¡El carajito!

El General se incorpora sin prisa. Acertó de nuevo.

El mochilero señala una sombra en la distancia. La sombra levanta una pequeña nube de polvo al arrastrar los pies, la escopeta y la mochila por el camino. Es obvio, aún a lo lejos, que apenas le quedan fuerzas para llegar al campamento.

—El muchachito e' guapo.

Guapo significa muchas cosas. *Guapo* no es valiente, *guapo* no es feroz, *guapo* no es osado. Es todo eso y más. *Guapo es guapo.*

Darío llora sin querer y corre rumbo a la figura. Corre con las pesadas botas puestas, las medias llenándose de sangre, los dedos magullados por la presión. Aun así no se detiene. Corre con todo lo que tiene, movido por algo más grande que él. Cualquiera pensaría que es amor, pero es algo completamente distinto: es impotencia y coraje, celos, odio; es todo lo que siente desde que su hermano se perdió y que no sabe traducir en palabras, y que termina traduciendo en una lluvia de golpes cuando por fin lo alcanza en el medio del monte.

Los muchachos caen al suelo, uno por fatiga, el otro por impulso. Los golpes despiertan a David, que recitaba hipnotizado *Mariscal* desde hacía varias horas, preguntándose y contestando «¿Quién falta? General nunca falta» una vez tras otra, bajo el cielo limpio de cualquier pájaro que intentara escapar al prodigio de su puntería. Prodigio, porque para ser honestos, la cantidad de pájaros que trae el muchacho es digna de un pelotón de tiradores finos en una buena sesión; y sin embargo el chico los ha bajado y recolectado sin ayuda, uno por uno, sin fallar un disparo.

El General sale de su casa de campaña y enciende un cigarrillo. Observa a sus hijos golpearse en la distancia. La pelea continúa en silencio. David se le sube encima a su hermano y le pega un par de veces, pero el rito es más ceremonial que otra cosa. Ninguno tiene ganas de pelear. Darío se zafa sin dificultad, se pone de pie y se marcha hacia el campamento, limpiándose el sucio y las lágrimas con las mangas de la chamarra.

David se acuesta sobre el polvo y mira al cielo. El contenido de su mochila se ha desparramado a su alrededor. Decenas y decenas de rolones muertos lo enmarcan en el centro de una pintura macabra; empegotados de sangre seca, sus alas llenas de bolitas de plomo, sus picos abiertos todavía buscando aire, nido. David observa las nubes que toman la forma de un elefante. Levanta sus dedos al cielo naranja, apunta y dispara al elefante que se convierte en una paloma; no quiere disparar a más pájaros así que lo deja escapar. Las nubes terminan disolviéndose en finas tiras de algodón de feria y David baja los brazos.

El General se termina su cigarrillo y lo lanza contra el suelo, aplastándolo varias veces con su bota.

—Mochilero... —el mochilero se levanta en atención —. La cena —señalando a David, devolviéndose a su catre a seguir perdiendo el tiempo.

El guardia toma una pequeña cámara fotográfica tirada en la tienda de campaña y se dirige al niño, quien lentamente se levanta del suelo y observa la alfombra de pájaros a su alrededor.

—Eso' son mucho' pájaros.

El niño no contesta. No ha salido del trance y no asimila la magnitud de lo que ha logrado. El mochilero le muestra la cámara y el niño accede a la fotografía sin emoción. Levanta las hileras de rolones, y al sentir el peso de los pájaros, entiende. Entonces sus ojos brillan y sus hombros ruedan hacia atrás, levantando el pecho y apretando la quijada, desafiando a la cámara, mostrando de lo que realmente está hecho.

Es cuando el mochilero toma la fotografía.

Han hecho una fogata.

El repiqueteo de la leña alimenta el fuego y las chispas escapan al cielo como mariposas de color naranja. Sentado sobre una pila de ramas secas, el mochilero se encarga de que el fuego no se apague. Ya todos han cenado, y a falta de historias, solo queda observar el humo contenido, las cenizas en el fondo de la pila, la danza de las llamas, y hacer silencio.

Desde la casa de campaña del General, el débil guayado de un güiro y la sordina de una trompeta dan para adivinar que el hombre escucha guarachas, fuma cigarrillos y toma ron blanco. El General se retiró apenas terminó de cenar, más callado que lo usual. Acostumbrado a venir al monte con grupos de militares y amigos donde las noches transcurren entre dominós, romo y cuentos de cacería, lo poco en común que tiene con sus hijos lo hizo sentir triste, cansado y decepcionado de todo este viaje.

David dibuja con una rama un círculo en la tierra. Sentado en cuclillas frente a su hermano, parece no guardar ningún resentimiento; de hecho, parece haber olvidado todo lo que ha sucedido hasta ese momento. Cada trazo de la rama es más profundo que el anterior; dándose la vuelta por completo, ha quedado justo en el centro del círculo. Apretando la vara sobre la tierra, parece ensayar algo que quiere decir y no se atreve.

—Darío.

—¿Qué?

—¿Qué es un comunista?

Darío, que miraba al fuego, perdido en las formas del humo, levanta la cabeza.

—¿Qué?

—Un comunista, ¿sabes lo que es?

—¿Dónde oíste eso?

—En el colegio. Uno de los mellizos Jiménez me dijo que...

—Los mellizos son dos idiotas.

Callan unos segundos. Darío lanza una rama al fuego. Sabe que su hermano no va a parar ahí y prefiere no esperar.

—¿Qué te dijeron?

—Que el General era el mejor matando comunistas. Que los mataba por gusto. Que era famoso. Que por eso es que todavía le dicen la Macana. Que había matado a más de mil, y que...

El mochilero interrumpe y empieza a contarse una historia a sí mismo. Una historia que lo hace sentir contento.

—¿Mil? Si no son cinco mil me quito el nombre. Y con las manos, compai. No dique que los mandaba a matar. No, señor. La Macana no dejaba que nadie le quitara un comunista. Esa era su comida. Mire que yo he conocido hombres con bragueta, pero como ese, ninguno. Una ve´ en una iglesia de San Juan encontraron tres que decían que eran guerrillero y que eran guapo. Tres comunistas metidos en una iglesia, oigan eso —. Dejó la oración en el aire. No sabía lo que era la ironía, pero creía reconocerla. — Tenían unos días escondíos, durmiendo en lo banco, abajo del altar, hasta que La Macana, que andaba en la zona, apareció.

—¿En una iglesia? —David le pregunta con miedo.

—Sí, pero no te asute, que los mandó a sacar, como buen critiano que es. No los iba a matar ahí adentro. Habló con el cura y le eplicó que los comunista´ no creen en Dios. El cura, que sabía con quién 'taba hablando, no los defendió mucho y se quitó del medio. A la hora no quedaban ni guapo ni guerrillero ni pá dáselo a lo puerco.

—Oye, ya 'ta bueno —Darío lo manda a callar, pero el mochilero no le hace caso y concluye.

—Lo que yo daría por un pai' así. Con diez como ese se arregla esta vaina. —Lo dice con la satisfacción de estar asociado de alguna manera a la leyenda del General. El estar asignado a La Macana es lo más grande que le ha pasado en su vida.

David escucha unos pasos acercarse. Provienen de la maleza y nadie más los escucha. Baja la mirada y se imagina quién es. Sus manos tiemblan mientras tira una rama seca a la fogata.

Una figura gigantesca, vestida de camuflaje y miedo se ha sentado al otro lado del fuego. Solo David sabe que está ahí. Le ha visto decenas de veces en sus sueños y ahora está ahí, frente a él, en medio del monte. El chico quiere gritar y orinarse en los pantalones, pero como en sus sueños está aterrado de la figura y los gritos no le salen. Solo le queda permanecer inmóvil y no mirarla a los ojos, esperando que el círculo en la tierra lo proteja de todo mal. Por eso baja la cabeza cuando pregunta.

—¿Entonces es verdad? ¿Mató a cinco mil comunistas?

—No sé si es verdad... pero si es así se lo merecían —le contestó Darío.

La figura camuflada sonríe, mostrando lodo, tierra y sangre entre sus dientes.

David mira a su hermano y no lo puede creer. ¿Será cierto lo que está escuchando? Su hermano no es su mejor amigo ni mucho menos, pero hasta hoy pensaba que compartían algún sentimiento de decencia o decoro (que a esa edad se siente más bien como bondad o compasión) pero no, la realidad es que Darío tiene más en común con el gigante camuflado y con su padre que con él. De repente se sintió solo y abandonado en el mundo.

Darío sabe que debe añadir algo. El cinismo y la soberbia no representan lo que realmente siente.

—¡¿Qué tú quieres que te diga?! Mataban policías y guardias. Además, el General nunca habla de eso.

—Nunca habla de nada.

—¡¿Y de qué tú quieres que hable contigo?! ¡¿De natación?! ¡¿Del Chapulín?! Su vida no es fácil, idiota. No entiendes lo que es ser un guardia, un general. Todo lo que ha tenido que hacer. No entiendes nada.

—¿Y tú sí? ¿Tú entiendes?

—Más que tú. Lo único que quiero es acabar de cumplir los dieciocho para engancharme.

David hace crecer el círculo en la tierra arrastrando la vara cada vez con más fuerza, los ojos fijos en el suelo, decidido a no mirar a través del fuego a la sombra gigantesca que respira cenizas y bota humo por la boca.

—¿Tú cree´ que mamá lo sabe?

Una tos seca proveniente de la tienda del General interrumpe el cuestionario. Darío aprovecha para esquivar la pregunta y dejarla en el aire. La figura camuflada se levanta de la fogata y camina hasta la casa de campaña,

David la mira de reojo, aliviado de que ya no estará. La figura da un vistazo dentro de la tienda, pasa al interior y no vuelve a salir en lo que queda de la noche.

La tos se detiene y la guaracha suena con más ganas.

Un largo silencio sobreviene a la conversación. El fuego ha empezado a extinguirse y ya es solo una pila de carbón enrojecido y gastado. David termina el círculo, que para este momento es una fosa de más de diez pies de profundidad y que lo rodea por completo.

—¿No te importa que haya matado a toda esa gente?

Darío piensa bien su respuesta. Sabe bien que de ese lugar no hay regreso. Mira a su hermano a los ojos. Se limpia el lodo y la tierra que de repente han aparecido entre sus dientes, y contesta.

—No.

Es domingo. El General está despierto desde las cuatro de la madrugada. Ya ha ido al riachuelo y se ha afeitado en la oscuridad, se ha preparado café en una media, ha leído el evangelio del día a la sombra de una lámpara de kerosene, y está listo para irse.

Abre la carpa de los chicos, y con voz arrugada, los despierta.

—Son las cinco. A recoger.

Los chicos se dan vuelta en sus bolsas. Aunque podrían dormir dos horas más (nadie los espera) saben que quejarse sería peor. Darío se incorpora sin protestar, pero David aguarda. Abre los ojos, y en lugar de obedecer, vuelve a cerrarlos y espera. En lo adelante, las batallas serán muchas, en todos los sitios y de todos los tamaños. Ninguno ganará la guerra, porque las guerras no se ganan, sólo se pelean. Se derramarán lágrimas y sangre de lado y lado, pero ninguno se rendirá, al menos hasta que uno de los dos se tenga que ir del país, termine muerto o ambas cosas sucedan.

Darío, de pie, se estruja la cara. David se da la vuelta y se acomoda en su bolsa. Otro día cualquiera, el General lo hubiese insultado y obligado a levantarse de una patada, pero todos en el campamento saben que David ha ganado esta batalla. Se ha ganado diez minutos más de sueño sin que lo jodan. El General también lo sabe. Sale de la tienda y termina de recoger. Cuando están listos, envía a Darío a que busque a su hermano.

Levantan el campamento y a las seis enfilan por el trillo sin siquiera desayunar. Lo único que quieren es llegar a la casa y regresar a sus vidas, a un lugar donde se puedan ignorar cómodamente. Todos sienten una profunda tristeza menos el mochilero que no entiende de traumas ni de abusos y que lo único que siente es hambre.

David no ha dicho palabra desde la noche anterior. Darío lo sabe e intenta hacerse el gracioso a base de conversación ligera, el tipo de conversación que proponen los que han faltado y ofendido a alguien, pero David lo ignora por completo. Ni siquiera cuando Darío conversa con el mochilero en voz alta y se burla de la alineación del Licey[1], David le da la satisfacción de una tregua.

En el camino de regreso el trillo está seco, y la prisa por querer estar solos los ha hecho redoblar el paso. El sol todavía no termina de salir cuando ya han llegado a la falda donde quedó el automóvil, que empieza a aparecer entre las ramas y la maleza como un barco majestuoso de color negro, ahora limpio y libre de todo fango.

Estirado en el bonete del Caprice, en camisilla y sin botas, el sereno ronca como si durmiese en una litera de fortaleza. Su rostro y su cuerpo hinchados por las picadas de insectos, su contextura, que de por sí empezó el fin de semana en dudosas condiciones, se ha tornado cadavérica.

El General desenfunda su revólver 38 y camina lentamente hacia el automóvil. David, que apenas unas horas antes hubiese intercedido por el guardia con todas sus fuerzas, ahora es un espectador entusiasmado. El General, a escasos metros del automóvil, prepara el arma. Los chicos dejan todo en el piso y observan. El mochilero pondera abalanzarse sobre el General y rogar clemencia, pero David lo detiene.

—Quieto, guardia —, estrenando un tono y una malicia que no conocía hasta el día de los rolones muertos.

El General acerca el cañón al sereno. Los ronquidos son cada vez más claros y más profundos; la hebilla del pantalón subiendo y bajando con cada respiración, rozando

---

1 Junto a los Yankees, el equipo más grande de la historia del beisbol mundial, según el autor.

el bonete y dejando pequeñas ralladuras que serán difíciles de sacar con esmeril. El General aprieta la boca y no se aguanta.

El dedo en el gatillo precede a la detonación, que retumba a escasas pulgadas del oído del sereno, quien rueda por el bonete y resbala como un gato mojado hasta caer en el polvo sin saber bien lo que ha sucedido, sus pantalones chorreados de mierda y orín, un agudo silbido en el oído que le durará mientras vida tenga.

Pero el General no ha terminado.

—Este guardia tiene noventa días de cárcel, empezando ahora mismo.

Le canta la sentencia al sereno, que en realidad es primo del mochilero, y que prefiere no interceder y evitarse la misma cuota.

El General quita los seguros y abre el baúl. Los guardias cargan el auto. David y Darío se dirigen a la puerta delantera. David toma el manubrio un segundo antes que su hermano. Darío amaga con empezar el ritual de lo habitual, pero David se da la vuelta, lo mira a los ojos y es cuando por primera vez Darío siente temor de su hermano. En ese momento, David no es David. Aunque todavía es un niño, su mirada es profunda, como quien ya sabe que la vida le debe algo. Darío entiende que nada ni nadie le quitará al chico ese asiento delantero, así que suelta el manubrio y se echa hacia atrás, encogiéndose de tamaño frente al General y frente a su hermanito. Se achica a cinco, a cuatro, a tres pies. Se transforma en un enano, en una cucaracha sin voluntad. David abre la puerta y se acomoda, tomando su puesto al lado del trono; un puesto ganado a base de sangre y coraje. El General ajusta el retrovisor y encuentra la reflexión de Darío, que baja la cabeza y no vuelve a levantarla. El automóvil empieza a andar. Le cruzan por el lado a los dos guardias, y David le exige un saludo militar al sereno, que ahora no es un hombre sino un saco de nervios. El sereno le devuelve el saludo por obligación. Es penoso verlo doblarse ante un chico de diez años que creía solidario, pero para ser justos, ese chico ya no existe. David lo ha dejado enterrado en La Cañada, en los cientos de cartuchos de perdigones que ha disparado y en la fogata y sus cinco mil comunistas. Ya no queda solidaridad. Solo queda una sonrisa. Una sonrisa que David no encuentra cómo borrarse de la cara mientras el General acelera el auto que planea sobre la carretera, rumbo a la talvia y a la ciudad como un velero sobre el Mar Caribe, dejando atrás al sereno y sus penurias, pasadas, presentes y futuras.

La sonrisa es más fuerte que él. Es amplia y sarcástica y algo despiadada para su edad. Es una sonrisa reservada para arrojados y vencedores.

Una sonrisa reservada para *guapos*.

David estaba parado en el pasillo de la casa paterna. Era nuevamente un adulto irresponsable y los recuerdos se diluían lentamente. Tenía la fotografía del chico y los pájaros en la mano. El pasillo era claro y ancho de nuevo. Los fantasmas y los recuerdos se habían marchado. Tomó el portarretratos, le sacó la foto y se la guardó en su bolsillo. Nadie la echaría de menos, además ese recuerdo era suyo, le pertenecía. Pensó en todo lo demás que le pertenecía, en la herencia del General, en lo que podía hacer con ese dinero, millones y millones de pesos con su apellido sellado en cada billete. Aunque lo intentarían, tampoco podrían quitárselos.

Su relación con el dinero era sencilla: no lo respetaba. Nunca lo había respetado.

Cuando cumplió quince años empezó a robar, pero nunca por dinero. Robaba porque podía y porque no importaba. Robaba cuando estaba aburrido, cuando sus verdaderos amigos tenían que estudiar y David prefería hacer otras cosas. Robaba radios de carros y cajas de ron de camiones repartidores. Robaba tragos en las discotecas y cajas de cigarrillo en los colmados. Robaba discos en casa de los amigos de sus amigos, robaba tapa-bocinas y espejos retrovisores, bicicletas y *skateboards*, guantes de beisbol y lentes de sol. En la calle siempre habrá malas juntas y David las tenía por montones, aunque procuraba mantenerlas separadas. Los muchachos buenos y decentes de Gazcue no se juntaban con su grupo de La Agustina o con su pandilla de Los Prados. Santo Domingo estaba dividida por sectores, y cada vecindario tenía su pequeña ganga, su *cliqué* que defendía las cuatro cuadras en que les tocaba vivir. David se movía de barrio en barrio con la soltura y la seguridad de un capo, anunciándose con una paliza o con una buena pelea, eligiendo al más peligroso de la calle, dándole una tabaná sin explicaciones y ateniéndose a las consecuencias. Empezó a ser reconocido en toda la capital como un tipo guapo, hijo de un general que entraba en todas sin pensarlo mucho, y que no le temía a nada ni a nadie. Decenas de veces fue detenido por robo y todas las veces, sin excepción, fue dejado en libertad en menos de una hora. Sus amigos quedaban en la cárcel unos cuantos días, mientras David buscaba la forma de sacarlos o sencillamente los olvidaba y les mentía sobre lo difícil que había sido ayudarlos, con la facilidad pasmosa que había desarrollado para mentir sobre cualquier cosa, todo el tiempo y sin motivo aparente.

La cárcel se hizo tan frecuente que David llamaba al teniente subalterno del General y el proceso se iniciaba sin siquiera molestar a su padre. El teniente se llamaba Cabral, y a pesar de ser un oficial arbitrario y sin escrúpulos, sentía un verdadero cariño por el chico. «Rómpele la cabeza, que Cabral resuelve», era su frase de batalla. La utilizaba cada vez que una situación se tornaba peligrosa, o cuando había que tomar alguna decisión dramática. La gritaba también más tarde, esposado en la parte atrás de las perreras y pangolitas en las que lo transportaban a la cárcel, amenazando a todos los involucrados de lo que vendría sobre ellos. Una llamada del despacho al destacamento y lo próximo era que David empujaba al policía que lo había arrestado, cagándose en su madre y advirtiéndole lo que le pasaría en los próximos días, mientras salía por la puerta del cuartel encendiendo un cigarrillo, listo para retomar su camino justo donde lo había dejado.

Sobre el dinero, nunca lo apreció. Lo que robaba lo repartía en cervezas, ron, marihuana y perico con el grupo con el que estuviese ese día. Siempre supo que su padre tenía plata, pero nunca le hubiese cruzado por la cabeza pedirle un centavo. La herencia del General nunca le importó, pero ya que estaba aquí, se preguntaba lo mismo que cualquiera se preguntaría, dadas las circunstancias: *¿Por qué no?*

Por ahora solo tomó la foto y el violín. Luego se encargaría de todo lo otro que le correspondía.

Cuando lo sacaron del país estuvo varios años perdido, sin saber qué hacer ni cómo seguir adelante. Era joven, pero hacía rato que estaba cansado de vivir. Cargaba el peso de mil vidas y nadie con quién compartirlo. Tan solo el instinto de supervivencia y algo parecido a la gracia de Dios lo seguía salvando de no aparecer muerto en algún zaguán de la ciudad europea de turno. Así estuvo vagabundeando por todos lados hasta que el tiempo y un viejo cura, profesor de filosofía, lo ayudaron a enderezar.

Se apellidaba Drummond, y tenía setenta y cuatro años cuando se conocieron.

Drummond había sido sacerdote toda su vida. Renunció a los votos cuando cumplió setenta años, justo cuando los sacerdotes adquieren esa aura de sabiduría y bondad que la religión católica tanto necesita en estos tiempos escandalosos de curas ponemanos, fuga de feligreses y ateos desfachatados con agendas que prosperan como trigo en redes sociales, para utilizar un versículo del nuevo evangelio en 5G.

No abandonó la iglesia por escándalos ni por falta de fe. Seguía creyendo en Dios y en el catolicismo como aquel día en que entendió que su misión en la vida era dedicársela al Señor, pero la edad lo había convertido en un hombre distinto; un hombre que había decidido levantarle los castigos a la carne. No que dudara de Dios ni mucho menos, sino más bien que Drummond siempre fue consecuente con sus principios; así fue que decidió vivir sus últimos años haciendo cosas que dentro de su iglesia le eran imposibles. La primera de ellas fue darle rienda suelta a sus más bajos instintos, enamorándose de una prostituta rusa que vivía en Barcelona, y que nunca le correspondería como Drummond se merecía. Cuando cumples setenta años y has escuchado tantas confesiones, nada suena descabellado. Drummond decidió que podía vivir enamorado de Tanya sin ser correspondido, conformándose con las migajas que la rusa le dejaba en forma de felaciones, tríos y largas sesiones de sexo tántrico a precios de sexo regular que lo mantenían revitalizado y con ganas de vivir.

David acababa de llegar a España y tocaba fondo. Se había vuelto adicto a la heroína, al vino barato y a las prostitutas rusas, en ese mismo orden y con igual intensidad.

Se conocieron en el piso que Tanya compartía con otra chica llamada Dinara. Dinara y David vivieron juntos seis meses. David se encargaba de que los clientes entendieran que nada malo le podía pasar a las chicas, y Dinara le daba un lugar donde dormir, inyectarse y hacer el amor, las raras veces que el chico conseguía una erección.

Drummond y David se cayeron bien desde el momento en que se conocieron. Drummond trataba a Tanya como una reina, y David nunca tuvo que salir en ayuda de la rusa, lo cual siempre era un inconveniente. Los dos hombres intercambiaban cigarrillos cuando las chicas estaban ocupadas con otros clientes y fumaban en un balconcito que miraba a un callejón maloliente que favorecía a la clandestinidad del lugar.

El sacerdote ahora daba clases de filosofía en una pequeña universidad, y se había mudado en un piso a unas pocas cuadras de Tanya. David empezó a pasar mucho tiempo allí, conversando con el profesor hasta altas horas de la noche. Las conversaciones giraban mayormente sobre temas existenciales y culinarios. Drummond era un tipo brillante, sin prejuicios, que aparte de todo era un gran cocinero. Entrenado dentro de la austeridad de la iglesia, era capaz de preparar verdaderos banquetes con poco dinero. Los maridaba con vino barato y vodka que les llegaba directamente desde Rusia a través de las chicas, quienes muchas veces los acompañaban a la mesa donde solo cabían risas y travesuras.

En pocos meses, David se convirtió en el hijo que el sacerdote nunca tuvo y viceversa. Drummond nunca lo confesó ni lo psicoanalizó, pero la bondad del viejo era tanta y su sabiduría tan profunda, que David empezó a darse cuenta que había otra manera de vivir, ajena a lo que había dejado en Santo Domingo.

La filosofía se volvió una parte fundamental de su vida. Drummond preparaba sus clases en la sobremesa, mientras David tomaba café o coñac de quince euros. Discutían entre digestivos y postres lo que a David le iba interesando, muchas veces referenciando su propia experiencia, salpicando las conversaciones con religión y psicología. Drummond podía entrar y salir de cualquier tema con la facilidad de un virtuoso. Hablaban por horas hasta que David se cansaba y todo se le hacía aburrido. Entonces se perdía por días, internándose en una ciudad en la que nadie le conoce, inyectándose cuánta basura consiguiera y luego cualquier cosa le podía pasar. Cuando aparecía, por lo general regresaba golpeado y mal nutrido. Drummond nunca intentó detenerlo. No habían conspiraciones ni planes para salvar al muchacho. Drummond estaba cansado de salvar gente. David era mayor de edad y tenía su propio camino por recorrer.

Ese fue el trato —tácito— desde el primer día.

Pero lentamente, y aunque pueda sonar trillado, fue el amor lo que le devolvió a David las ganas de vivir. El amor incondicional que Drummond le demostraba cada vez que podía, escuchándolo, guardándose sus consejos hasta que no fuesen solicitados, cuidándolo sin esperar nada más que sobremesas y cariño. David empezó a preferir largas caminatas por los parques con el profesor, a caserones y sótanos infectados por adictos. Aunque nunca consiguió abandonar su lado violento, empezó a entender de dónde salía todo lo que sentía y todo lo que hacía. Drummond lo ayudó a conseguir una beca para estudiar filosofía y un empleo en un café. El resto es su vida tal y como la recordaba hasta regresar a la República, donde su familia y su pasado lo arrastraron a revivir mil cosas que hacía tiempo había olvidado.

Bajó la marquesina con Umi enganchada de su brazo. Había pasado toda la tarde en la casa del General y al salir arrastraba los pies como quien acababa de librar la batalla más feroz. Gran parte de su pasado nació y murió entre esas paredes, y se sintió valiente al lograr salir de pie y caminando. Le dio una última mirada al Caprice, haciendo un esfuerzo consciente de olvidarlo, aunque sin suerte.

Desde la ventana de la habitación la Viuda se despedía tocando la ventana con su mano, una imagen que David consideró exagerada y que no pudo devolver. Su madre, que todo lo resolvía con comida, le había propuesto un almuerzo al otro día y David terminó complaciéndola, a cambio de que llamara al abogado de la familia para resolver los asuntos pendientes.

Nadie ganaba nada con un almuerzo o con juntar a la familia, pero David estaría allí, motivado por la lectura del testamento más que por cualquier otra cosa. Esta era su oportunidad de poner todo en orden, de pasar la página y de continuar su camino, ahora con los bolsillos llenos.

Moreta continuaba en la verja, protegiendo la propiedad. Miraba al frente, haciendo un esfuerzo por ignorar al supuesto hijo del General que no parecía hijo de nadie, sino más bien un hijo de la gran puta aparecido que merecía cuanto menos otra tanda de golpes. Les abrió la puerta en silencio. No quería más problemas. Estaba cansado y todavía le quedaban dos días de servicio. David le abrió los brazos y los elevó hacia el cielo, en un gesto exagerado y teatral, invitándolo a que lo revisara. Era asombroso como todavía le quedaban fuerzas, pero para provocar siempre aparecían.

—¿Quiere revisarme, *cabo*? Dejé todo como lo encontré, menos esto. Esto es mío. ¿Tiene algún problema con eso? —mostrándole el violín y desafiándolo a concluir lo que habían empezado, pero Moreta no intentó nada. Les abrió el portón en silencio y esperó a que salieran.

Una vez afuera, el guardia cerró la puerta de hierro. David se le acercó una última vez.

—Algún día, pronto, esa casa va a ser mía. Si se porta bien, quizás lo deje cuidándola. ¿Le gustaría cuidarme, cabo?

Cruel hasta para David, el equivalente a pisarle la cabeza cuando el tipo yacía tendido en el suelo, una movida que le trajo fama y gloria en los cientos de peleas que provocó a lo largo y ancho de la capital, en cines y en clubes sociales, en *rock times* y en pizzerías, en cumpleaños y en San Andrés, en Plaza Naco y en el Estadio Quisqueya; donde quiera que alguien lo mirara mal, le enamorará una novia por error o sencillamente lo tropezara sin querer. Allí seguro quedaría la propiedad destrozada y alguien tirado en un charco de sangre, herido, pero más que nada humillado, con la cabeza pisoteada, como un sello violento con el que le acababan de contabilizar y volver un chiste.

Umi lo tomó por el brazo y se lo llevó calle arriba. En el camino, un Audi gris les cruzó por el lado. Se parqueó frente a la casa del General y una puerta se abrió. Siguieron caminando hasta que una voz los detuvo. Era una voz joven y extrañamente parecida a la suya. La voz lo llamaba por un nombre que nunca había escuchado. David se detuvo y la voz repitió.

—Tío.

Alfonso era un chico flaco y espigado. Vestía pantalones jeans ceñidos como una malla de ballet y un *T-shirt* de Ryuichi Sakamoto que confundió a su tío. Conoció a su sobrino brevemente en el cementerio, y fuera de un sutil afecto, no sintió que pudiesen tener nada en común.

Pero estaba equivocado.

Alfonso se había educado en el mejor colegio de Santo Domingo, destacándose solo en las materias que le interesaban. Era introvertido, sensible y sumamente inteligente. Desde ya hablaba cuatro idiomas y tenía una serenidad instalada que muchas veces pasaba por tristeza. Había intentado complacer a su padre desde pequeño, y como todo el mundo, había fallado. No le interesaba la milicia ni jugar al futbol como a la mayoría de los chicos de su generación (Santo Domingo sustituyó el beisbol por el futbol en algún momento impreciso de los años 2000, los chicos ahora sueñan con ser Messi y no Barry Bonds). A Alfonso tampoco le interesaban las armas ni acumular dinero. Leía obras de teatro del siglo pasado y escuchaba todo tipo de jazz, así como a Kraftwerk y a Phillip Glass, aunque sus verdaderas obsesiones eran la música electrónica y Japón.

Había pasado dos meses en el país del sol naciente en un intercambio cultural y aunque regresó a casa, nunca regresó. Hablaba y respiraba el idioma; de hecho, toda su habitación era un templo a la cultura japonesa. Una pared completa forrada de libros, mangas, discos compactos y DVDs que empezaban con *Ghost in the Shell*, pasando por la obra completa de Miyazaki y terminando en los últimos trabajos de ONE, daba el frente a otra pared adornada por un póster solitario de *Tokyo Story* justo en el centro. Había intentado escribir manga unos años atrás, pero fue en la música donde verdaderamente se encontró. En una esquina de la habitación, dos platos, un mixer, un *keyboard* y un par de bocinas conformaban su laboratorio. Tocaba la obra de Joe Hisaishi — su ídolo — de manera constante, mezclándola con *beats* urbanos, *Samples* de la música de Sakamoto y de Yoko Kanno, además de *loops*, *beatboxing* japonés y progresiones originales. Era conocido como Miyamoto en la limitada escena electrónica local, en la que se presentaba las pocas veces que podía escapar de su casa, y donde era considerado un innovador disciplinado, de gustos refinados y originales.

Además del amor por la música y por las artes, David y Alfonso tenían algo más importante en común: ambos eran una gran decepción para sus padres.

El sueño de Darío era graduar a su hijo mayor de *Valley Forge*, continuando así la corta tradición familiar que había empezado con él y que se había interrumpido casi de inmediato con David. Alfonso no tenía el menor interés en seguirle los pasos a su papá, y de manera cortés pero firme se lo hizo saber. El Coronel no era ni sombra del General, quien hubiese considerado el gesto desobediente e insultante, y Alfonso hubiese terminado en la academia con instrucciones especiales de que lo hicieran *un hombre*. La sombra de su padre colgando sobre su cabeza atormentaba a Darío, que procuraba seguir complaciendo al General aún en sus últimos días. Así, la relación con su propio hijo se había deteriorado, volviéndose tensa y distante; el chico defendiendo sus decisiones, Darío en una audición eterna para su propio padre, aun cuando hacía tiempo que el General siquiera lo veía.

Alfonso visitaba cada vez que podía la casa de la abuela, saqueando la colección de discos de vinilo que guardaban en una de las habitaciones, y a la que hacía tiempo no le hacían caso. El chico pasaba horas en su habitación con estos discos, sampleando la música cubana de los años cuarenta, superponiéndola a sus influencias y a sus propias composiciones. El resultado era algo único y con alma, algo así como el chico en cuestión.

—Tío —repitió—. Soy yo, Alfonso.

—Alfonsito. —David se devolvió hacia el chico y le dio la mano.

—Alfonso, tío. Tengo diecisiete años.

—Alfonso, claro.

—Quería decirte que...es bueno por fin conocerte.

—Sí. Es bueno conocerte también.

—Mi papá no habla mucho de ti, pero a veces le pregunto a abuela y ella me cuenta. Sé que eres músico. —Señalando el violín que llevaba en una mano.

—¿Músico? ¿Por esto? No, no, no. Esto es un recuerdo. Quise ser músico. Hace mucho tiempo. Pero no. Terminé siendo otra cosa.

Alfonso no sabía con certeza qué otra cosa había terminado siendo, pero no preguntó más.

—Yo también quiero ser músico.

—¿Ah, sí?

—Bueno, *soy* músico. *DJ.*

—¿DJ? —Sorprendido, aprobando con la cabeza y a la vez sintiendo algo de pena por el chico—¿Y qué opina tu papá de eso?

—Tú sabes.

Dos palabras que significaban un mundo. Claro que David sabía.

—Voy a tocar esta noche, pero...

—¿Pero?

—Pero, como siempre, él no se puede enterar.

—Pensé que tu papá había cambiado.

—No sé cómo era antes mi papá, pero creo que no ha cambiado nada.

Umi los observaba desde lejos. Los dos proyectaban la misma silueta, se paraban igual, apoyados en la misma pierna, los hombros recogidos como quien ha vivido cuidándose de enseñar más de la cuenta. El chico mirando a su tío con cierta admiración, el tío sin saber bien cómo manejar el momento.

—¿Cómo era mi papá antes?

David se sacudió. Era una pregunta inesperada, y estaba demasiado extenuado para contestarla como se merecía, así que le dio al chico una versión cordial e incompleta de la verdad.

—Tu papá era un tipo, ¿qué se yo?, un tipo raro, frío.

Alfonso lo miró como si esperara otra respuesta, pero esta fue la que consiguió. No estaba decepcionado, pero tampoco satisfecho. David sonrió y ambos supieron que no había nada más que decir.

—Alfonso, tu abuela te llama.

Moreta volvía a la carga desde el interior de la propiedad. Es obvio que la abuela no lo llamaba, ni siquiera tenía manera de saber que el chico estaba allí, pero Moreta conocía y respetaba al Coronel y en su mente estaba protegiendo al chico de este degenerado recién aparecido.

David le dio una mirada a su viejo amigo Moreta. Sabía que estaba mintiendo. Unas horas antes hubiese volado la verja y hubiese corregido la falta de respeto, pero el cansancio solo le alcanzó para cortarle los ojos. Aprovechó la oportunidad para desviar la conversación.

—Te están llamando.

El chico asintió, pero antes de irse tenía una petición.

—¿Puedes venir esta noche?

—¿Esta noche? —genuinamente sorprendido—. No sé, Alfonso. Tu papá no se pondría muy contento.

—Alfonso, tu abuela, dice que entres —Moreta insistió de nuevo.

—«¡CÁLLATE LA BOCA, MALDITO GUARDIA DE LA MIERDA, O SUBO LA VERJA Y TE LA CALLO YO MISMO, MAMAGÜEBAZO!» — gritó David con lo poco que le quedaba en el tanque. La insistencia del cabo lo había revitalizado, renovando su voluntad para hacer lo que se le venía en gana. Se dio la vuelta hacia el muchacho, y con nuevo brillo en sus ojos, le preguntó.

—Dime dónde es.

¿Cómo era su hermano antes?

La pregunta se quedó con David durante varias cuadras. Se habían alejado de la casa paterna caminando rumbo al Parque Independencia, bajando la Doctor Delgado, donde decenas de estudiantes de institutos tecnológicos y universidades poblaban las aceras y los colmadones, comparando notas y horarios, bebiendo cervezas, ligando y haciendo hora para regresar a clases, y por un segundo David quiso ser joven en aquella ciudad.

Por lo poco que había visto a su regreso, su hermano seguía siendo el mismo tipo de siempre. Una persona apagada y opaca. Un tipo que nunca quiso ser niño. Darío había nacido adulto. Sus aspiraciones siempre fueron básicas: hacerse de dinero, procurarse un matrimonio que le trajese estatus y por último, pero no menos importante, replicar a su padre en sus pasos por este mundo.

Pero replicar los pasos de un hombre como el General no era tarea fácil para nadie. Mientras el General nació en un tiempo fértil para caudillos, Darío nació en un tiempo que se jactaba de arrodillar a hombres de poder; mientras el General nació pobre, en una loma de Constanza, con el hambre instalada en los huesos, Darío nació en el corazón de la capital, con pañales y Cerelac; mientras el General fue un hombre de convicciones (equivocadas pero convicciones al fin), Darío era un hombre de apariencias; mientras el General fue probado a sangre y pólvora, Darío nunca tuvo que cruzar el fuego, así nunca alcanzó el peso específico de su padre, ni la voluntad ni el brillo, convirtiéndose en una silueta triste y mal calcada del General.

A pesar de todo eso, Darío no era una mala persona. Tenía buenos amigos que conservaba desde el colegio y que lo querían con sus defectos. Su familia estaba por encima de todo. Su mayor miedo era ver a uno de sus dos hijos convertirse en su hermano, así que los cuidaba hasta lo ridículo.

Y es que la juventud de David fue especialmente difícil para Darío. El no poder protegerlo o cambiarlo lo frustraba. Para cuando David se convirtió en un delincuente, Darío no solo se avergonzaba, sino que se reclamaba a sí mismo gran parte de la culpa.

Eventualmente y por cansancio terminó renegando todo lo que tenía que ver con David. Propuso varias veces a sus padres que lo dejaran preso o que lo internaran en Hogares Crea; pero una familia como aquella, en aquellos años, no estaba preparada para aceptar un fracaso tan público como la cárcel o la rehabilitación de un hijo. En lugar de hacerle caso, sus padres miraban hacia otro lado. Para el General su hijo menor era un extraño; miraba a David y no veía nada que le asegurara que era su hijo. Se avergonzaba de todo lo que el muchacho representaba: de sus gestos y de sus rasgos finos y afeminados, de lo fácil que todo se le daba y de lo irrespetuoso que había sido siempre. Así que cuando empezó toda la violencia, en secreto se alegró de que al menos tenían algo en común. La Viuda, como buena madre, nunca se enteró de nada. Aunque su instinto y Darío le aseguraban que su hijo no iba por buen camino, el chico mentía tan bien que la madre nunca comprobó lo que presentía sino hasta que fue demasiado tarde.

Darío dejó de insistir. Lentamente se alejó de su hermano hasta considerarlo un extraño, llegando a negarlo en más de una ocasión, alegrándose de haberle advertido a sus padres que algún día algo grave sucedería.

Pero muy en el fondo, en un lugar donde nunca entraba por miedo a confesarlo, a pesar de toda la fachada y las decepciones, Darío guardaba una auténtica admiración por su hermano menor. Admiraba sus talentos y su inteligencia, su carisma y su liderazgo natural —algo de lo que Darío siempre careció y que le hubiese sido de gran ayuda en su carrera militar— pero más que nada admiraba su determinación y su arrojo: David parecía haber sido siempre quien quiso ser, y Darío se había pasado una vida quedándose corto de aquello que quiso ser.

Este trabalenguas metafísico David nunca podría saberlo.

El *penthouse* quedaba en el piso veinte y observaba hacia el parque Mirador, nuestra humilde versión del *Central Park*, donde ciclistas, corredores y personas a régimen acudían a diario a moldear y a darle sentido a su vida, un ejercicio abdominal a la vez.

El *penthouse* había sido portada de una de las revistas más importantes de arquitectura de Santo Domingo, en la que destacaba el buen criterio de los propietarios en perfecta armonía con las recomendaciones de la diseñadora de interiores y los conceptos geométricos del arquitecto constructor.

Lo habían comprado hacía dos años, y Darío aún debía la mitad.

La tarde caía sobre el parque, y la vista era hermosa, pero la pareja no tenía tiempo para vistas. Estaban tarde para una boda.

Helena ocupaba asombrosamente casi la totalidad del gigantesco vestidor, con prendas y tacos y vestidos desparramados por todos lados. Darío se limitaba a ocupar una esquina de la habitación, sentado en un sillón de piel donde se terminaba de poner los zapatos.

«¿Cuántas veces se puede casar una misma mujer?», Helena hablaba de una habitación a otra, preguntando cosas que no necesitaban respuesta. Desde el entierro había estado furiosa, intratable, amenazando con largarse, culpando a su esposo de todo lo que sucedía, incluso de la invitación a la maldita boda. Tenía dos días rogándole a Dios que nadie se enterase de lo sucedido, pero si algo tienen estos tiempos es que son poco discretos, y hacía rato que toda la ciudad ya había tragado, rumiado y escupido el desastre.

Helena abría y cerraba sus redes sociales cada cinco minutos, rezando por otro escándalo, sintiendo aquel frío en el estómago cuando la asociaban a la familia que por tantos años la protegió y que ahora la avergonzaba. Ya alguien se había encargado de sincronizar la golpiza a la música de Backstreet Boys y Talking Heads, quienes repuntaban en aquellos días gracias a un show de zombies de Netflix. Repetían a su esposo pateando a su cuñado, el ataúd tambaleándose, la Viuda al borde de un ataque de nervios. Todo tan chopo y tan escandaloso. En *WhatsApp* nadie tocaba el tema, a sabiendas de que Helena patrullaba la conversación de todos sus grupos cada hora. Se imaginaba lo que estarían diciendo a sus espaldas y se mortificaba hasta las lágrimas. Pasarían meses antes de saber cuáles serían las verdaderas consecuencias sociales del entierro, y años para poder hablar francamente con sus amigas sobre lo que significó ser una víctima dentro de una experiencia tan traumática.

«Ni los cueros se casan tanto», continuó ladrando en voz baja, maldiciendo todo lo que se le ocurriera, mientras se ponía un collar del perlas de Tahití que combinaban discretamente con el motivo luctuoso de su traje de Carolina Herrera. Un vestido perfecto para una boda o para un funeral.

Salió del baño y le pidió a Darío que le ayudase con el cierre del vestido. A diferencia de Umi, era una mujer bastante corriente que sabía cuidarse bien. Vestía de revistas y se inyectaba Botox regularmente desde que había cumplido los cuarenta. Venía de una familia capitaleña de mucha historia a la que solo le quedaba el apellido. Viajaba con frecuencia a Madrid —donde tenían un piso y donde extrañamente nunca se encontraron con David— y a Nueva

York, donde la recordaban por su nombre en el Plaza y en casi todas las tiendas de la Quinta Avenida. Soportaba el resto del tiempo en Santo Domingo, a base de una rutina de gimnasios, brunches, eventos culturales, desfiles de moda, cenas y fines de semana en su villa de Punta Minitas.

Amaba a su esposo, pero solo en la medida en la que pudiese mantener su estilo de vida caminando. Darío, que se había casado creyendo que había mucho más que un apellido en la familia de su mujer, tenía que mover cielo y tierra para no quedarse atrás en el maratón de ascendencia social que se vivía en la República.

—Me llamó tu mamá para lo de mañana.

—A mí también.

—¿Y qué le dijiste?

—¿Qué le podía decir, Helena? Que vamos a ir —terminando de abrocharle el vestido.

—Dizque un almuerzo. También quiere que llevemos a los muchachos.

—¿Qué hago?

Helena resopla.

—Ese tipo, tu hermano, siempre ha tenido a tu mamá metida en un bolsillo.

—Es su hijo.

Helena, indignada, levanta la voz.

—¿Lo vas a defender, Darío? ¿Después de toda esta mierda lo vas a defender?

—¡¿Cómo lo voy a defender, coñazo?!

Helena había estado provocándolo desde el funeral y Darío estaba perdiendo la paciencia. También él sentía la presión después de lo sucedido. No solo había perdido a su padre, al cual no había podido llorar como se merecía, sino que también había sido avergonzado y humillado frente a su familia y frente al ejército.

Pero era la herencia lo que no lo dejaba pensar bien.

Tenía años calculando su futuro. Aunque el General nunca hablaba de dinero, Darío tenía una idea más o menos clara del patrimonio familiar. El General había hecho fortuna sólida y discreta, de esas que duran generaciones. Darío venía gastando su parte de esa fortuna desde hacía varios años, dividiéndola en tarjetas de crédito, líneas bancarias y préstamos personales que ya no aguantaban más; se sentía culpable cada vez que pensaba en la muerte de su padre como una solución a sus problemas, y se sentía peor aun cuando se preguntaba por qué no terminaba de llegar.

Ahora que su hermano había aparecido, cualquier manipulación del testamento sería más difícil. Aunque estaba prácticamente seguro de que el General no había tomado en cuenta a David, no se puede estar tranquilo cuando le debes dinero a toda la ciudad.

Helena se dio la vuelta y lo abrazó. Era una mujer inteligente, que conocía bien a su esposo y sabía cuándo soltar.

—Perdóname, mi amor. Es que estoy segura que todo el mundo está hablando de lo que pasó ayer. Imagínate cómo nos van a mirar esta noche. Qué maldita vergüenza.

Darío comprendió. Estaba más apenado frente a su mujer y sus hijos que cualquier otra cosa. Nadie se merecía esto. Sentía que los había defraudado.

—¿Y si nos quedamos? Decimos que estamos de duelo y es la verdad: estamos de duelo. —Helena continuó.

—Imposible. Es la hija del secretario. Tú sabes cómo se mueve esto. Todo se amarra en fiestas y en bodas, Helena. No puedo darme el lujo de no ir, y menos ahora. Es peor si nos quedamos.

Helena lo soltó. Si no iba a conseguir nada con caricias tampoco fingiría más de la cuenta.

—¿Hablaste con el abogado? —alejándose hacia el vestidor de nuevo.

—Va mañana, después de la comida. Lo vamos a leer ahí.

—¿Frente a todo el mundo? ¿Frente a tu hermano? ¿Y no pudiste averiguar nada? —Devolviéndose, se le acercó nuevamente, pero esta vez sin ternura fingida ni nada parecido.

—No. Nada. —No tenía nada más que ofrecerle, así que repitió—. Nada.

—¿Tu papá se buscó al único abogado serio de este país?

El silencio de Darío contestaba la pregunta. Helena le miró a los ojos, amenazante.

—Darío, tú sabes que *necesitamos* ese dinero. Aparte de que nos toca. Nadie, *nadie*, cuidó a tu papá mejor que tú.

Todo eso era cierto. Darío cuidaba de sus padres desde que la vejez los había disminuido. Cruzaba todas las mañanas por la casa del General, sin importar el día ni el tránsito. Un trayecto de quince minutos que los días de semana se convertían en hora y media. Les acompañaba en el desayuno y les daba seguimiento a sus necesidades. Les hacía compras y los acompañaba a la iglesia. Todo esto lo hacía sin esperar recompensas.

Su familia por encima de todo.

—¿Y tú crees que yo no lo sé? ¿Crees que no conozco a mi hermano?

Y con esta pregunta retórica se perdió en el vestidor a ajustarse el corbatín y a preparar las explicaciones que seguramente tendría que dar en la fiesta, a sabiendas de que los guardias no le dan vueltas a preguntar lo que necesitan saber, sin respetar sensibilidades ni protocolos.

La vieja nave estaba justo en el centro de un depósito de chatarra de la George Washington (nuestras avenidas todavía arrastran nombres de caudillos norteamericanos e ingleses). Solía ser una planta industrial, pero de esa operación solo quedaban el piso y el techo. Las maquinarias y correas distribuidoras habían sucumbido hacía tiempo a las importaciones de China, y los dueños abandonaron cualquier idea de continuar en el negocio. Ahora rentaban la propiedad para *sets* de películas y fiestas como la de aquella noche.

Cientos de libras de hierro oxidado esparcidas por todo el patio en formas de chasis, barras, marcos y planchas le daban al lote un aspecto de cementerio metálico sacado de *Mad Max*, mangueras de luces de neón tiradas a lo largo del terreno marcaban el camino más seguro para llegar al galpón, desde donde un *beat* controlaba todo el entorno.

El DJ que abría la noche no tenía el mejor gusto ni material, pero alcanzaba para iniciar. Pinchando una mezcla básica de *Deep House* con música disco de los 70, daba para empezar a sudar. La masa humana se aplastaba y se estiraba, entrando en calor y pidiéndole más vuelo al DJ, que dentro de sus limitaciones hacía lo que podía.

A eso de las once y treinta le tocaba el turno a Miyamoto. No era uno de los estelares, pero venía creando un nombre y una base de admiradores que lo apreciaban y entendían lo sofisticado que podían ser sus sets. Cubriéndose bajo un *hoodie* de Astroboy tomo los platos y de inmediato subió el nivel. Venía con una sesión que giraba sobre *Peace Piece*, una pieza de Bill Evans sencilla y delicada sobre la que fue lentamente elaborando y añadiendo capas, hasta armar un *track* caliente y refinado que levantó la colectividad varios pies sobre el nivel del piso, haciéndola bailar y sentir al mismo tiempo, la estampa de un buen músico.

David apareció pasada la medianoche, justo cuando el set de su sobrino alcanzaba su clímax. Había dormido unas horas y se sentía refrescado y optimista, como si los dos días que acababan de pasar hubiesen sido solo un sueño y su pasado volvía a ser solo un pasado y no una cosa viva que había regresado e intentaba ahogarlo en callejones repletos de recuerdos.

Alcanzó a ver a Alfonso subido en la tarima y se sorprendió aún más de lo que sucedía. El chico estaba en completo control del lugar y podía hacer lo que quisiera con aquella masa. Con solo subir o bajar un *fader*, la gente ascendía y descendía como un remolino que giraba a la velocidad que Miyamato decidiera. David arrastró a Umi por una mano hacia la tarima. Cuando estuvieron enfrente, el chico levantó la cabeza y se alegró de verlos.

—Viniste —le gritó por encima de la música. David asintió, haciéndole señas de que estaría cerca. Miyamato le hizo señas de que estaba terminando. Para su desmonte, tenía un cierre inspirado en *Rite of Spring* que nadie entendería pero que le daría una enorme satisfacción.

Las últimas notas de *Ritual of Abduction* sonaron. Miyamato dudó que alguien más en el mundo estuviese haciendo esto. La gente bailaba sin saber que estaba bailando una sinfonía del 1913, y esto le resultaba maravilloso. Las cuerdas golpeaban como una tormenta el galpón. El público lo había acompañado por casi dos horas, y Miyamoto no los había defraudado.

Cuando terminó, se bajó de la tarima sin ceremonia, cubriéndose la cabeza con el *hoodie* y volviéndose uno más en la multitud, justo a lo que aspiraba en la vida.

❖

Se juntaron afuera de la nave. Se dieron un abrazo bastante torpe, pero sincero. El chico lucía contento. El set había salido bien y su tío estaba allí. Llevaba a su novia de la mano y se la presentó.

—Tío, ella es Ichi. Ichi, mi tío David.

Ichi saludó con la misma timidez que su sobrino. Por supuesto que era japonesa. Vestía uniforme de colegiala y el pelo amarrado en dos colas: el sueño de cualquier chico, pero más importante aún, el sueño de Alfonso. Sus padres, por el contrario, no estaban tan entusiasmados con la idea. Le rogaban a Dios que la chica fuese solo una fase que el muchacho eventualmente superaría. Se imaginaban lo incómodo que sería el roce de las dos familias, las diferencias en costumbres, la barrera del idioma, y, sobre todo, la desigualdad económica. En resumen, pensaban que su hijo podía conseguirse algo mejor y se lo habían hecho saber de mil maneras —cada vez menos sutiles— siempre que encontraban la ocasión.

David nunca había pensado en tener hijos, pero reconoció que su sobrino era un muchacho único, alguien que lo más probable tenía que luchar a diario por todo lo que quería en la vida, y de inmediato lo quiso un poco más; así que le dio otro abrazo sin motivo aparente, y el chico se lo devolvió con gusto.

—¿Vienen? —les preguntó señalando un rincón desocupado del patio que conocía bien. David y Umi lo siguieron. En el camino, varios chicos se detuvieron para mostrarle su respeto.

—Miya... tremendo set. Rompiste.

Alfonso asentía y agradecía con una mezcla de vergüenza y orgullo. David tuvo que preguntarle.

—¿Miya?

—Miyamoto. Me llamo así.

«Miyamoto». David repitió sin necesidad de saber más. El chico, al igual que su tío, apreciaba la brevedad y las historias que se cuentan con pocas palabras. «Me gusta».

Cruzaron varios grupos que se aprovechaban de la oscuridad. Cuerpos sobre cuerpos, empujándose unos contra otros, metiendo las manos, los dedos, las lenguas por todo rincon imaginable; chicas sobre chicas sobre chicos, parejas, tríos, *straights*, homos: cualquier tipo de combinación sucedía entre los desechos del metal. Fumaban y resolvían y gemían y tragaban y metían y todo parecía natural y nada estaba mal. David pensó en su hermano, y en lo que pasaría si se enterara de todo esto. De repente sintió responsabilidad por Alfonso, un sentimiento extraño y foráneo que rechazó casi de inmediato. Hizo un esfuerzo consciente por seguir a su sobrino, que continuaba marcando el paso, y dejó de pensar en Darío.

Llegaron a un promontorio de chatarra bordeado por dos bancos de parque y el interior de un viejo Volkswagen *Cepillo* tirado en el suelo. La chatarra estaba apilada en el centro, como una fogata de hierro y hojalata.

Se acomodaron en parejas, David y Umi en el banco, Alfonso y su novia en el roído asiento del VW. Duraron unos segundos en silencio, hasta que hablaron al mismo tiempo.

—Entonces...

—¿Dónde...?

David lo alentó con un gesto a que preguntara primero.

—¿Dónde vives ahora?

—Ahora en Madrid.

—¿Te gusta?

David lo pensó y contestó con poco entusiasmo.

—Sí. Me gusta.

Otro silencio, pero ahora fue David el que preguntó.

—¿Has pensado decirle a Darío de todo esto?

Alfonso negó en silencio. Su tío continuó.

—¿Qué crees que puede pasar?

— No sé. Si se entera que estoy aquí, tocando, y acabando de enterrar al abuelo, estoy seguro que me mata.

—No te va a matar.

Ahora fue Ichi la que le contestó.

—Lo mata. Y si me ve cerca de Alfonso lo mata, lo revive y lo vuelve a matar.

Todos rieron, menos Ichi que lo había dicho en serio.

—Papi quiere que me vaya a una academia americana, y si puedo que me quede por allá.

Pararon de reír.

—¿Y tú, quieres eso?

—No.

—¿Y qué quieres?

Lo pensó y miro a su alrededor.

—Por ahora, esto.

—Claro.

—Le dije que estoy viendo películas en casa de un amigo. —Miró su reloj. Continuó—. Debería estar en casa en media hora.

—¿Y no sería mejor decirle la verdad y ya?

Umi, que había estado callada la noche entera, interrumpió. Su tono advertía sobre la pregunta.

—David...

Los dos chicos se miraron como si David los hubiese hecho pensar más de la cuenta. David retrocedió en sus palabras.

—Bueno, tú conoces a tu papá mejor que yo.

Otro silencio. La música que llegaba desde el galpón salvaba los hoyos en la conversación.

—¿Cómo encontraste el país? ¿Ha cambiado algo?

—No. Bueno, sí, pero no. No sé si me entiendes.

Alfonso asintió. Todas las preguntas habían sido solo una excusa para hablarle sobre lo que realmente quería hablarle desde aquel día que lo conoció en el cementerio.

—Tío, lo que pasó cuando te fuiste, esa noche, y todo lo que pasó después, no fue tu culpa.

El rostro de David se ensombreció.

—¿Quién te contó lo que pasó? ¿Y cómo sabes que yo no tuve la culpa?

—Abuela me contó.

Digna le contó. De repente Digna sabía todo lo que había sucedido y por qué había sucedido. Pensó en la tregua del aposento y se arrepintió de no decir lo que realmente quería decir. Pensó en su madre acomodando el pasado para que nadie se sintiese culpable, en todas las imágenes de los santos y los rosarios perdonando nuestros pecados, los confesados y los sin confesar. Sus ojos se retrasaron y sus puños se volvieron dos piedras.

—Tu abuela no sabe nada. Nunca supo nada y *tú* tampoco sabes nada. Cuando quieras saber algo me lo preguntas a mí. ¿Okey?

La pregunta no esperaba una respuesta, pero aun así el chico se la dio.

—Okey.

Le hubiese gustado preguntarle lo que había pasado, pero su tío le remató cualquier idea de continuar.

—Mejor no hables mierda y métete en lo tuyo, Alfonso.

El muchacho asintió con respeto. Aunque las palabras debieron ofenderlo, no se sintió ofendido.

—De acuerdo. Perdóname, y gracias por haber venido.

Desarmó a David una vez más. Era la segunda vez en un solo día en que se quedaba con las ganas de pelear, pero no le daban el gusto. Se limpió el sudor de los labios con la manga.

—Claro. Me alegro de que lo hice.

Algo desconcertado, sacó un *joint* del bolsillo, cansado del tema y de hablar. Lo encendió y le ofreció a Alfonso.

—David... —volvió a advertirle Umi.

—No tío, estoy bien.

Ichi le dijo algo en japonés que Alfonso le contestó, también en japonés. Aunque no se entendía, parecía haberle pedido permiso para algo.

La chica sacó un pequeño monedero y lo abrió. Adentro, varias pastillas que les ofreció al grupo.

—¿Molly?

Alfonso miraba a su tío con naturalidad. David sonrió, miró su reloj y le preguntó.

—¿No se te está haciendo muy tarde?

Alfonso se encogió de hombros y tomó una de las pastillas. Si acababa de decidir algo, nadie se había dado cuenta. El resto del grupo tomó las que quedaban y tragaron al mismo tiempo, como si la sincronía fuese necesaria. Alfonso se incorporó y se subió el *hoodie*.

—¿Vienen?

David era el tipo más viejo de la pista y a la vez el más atractivo. Sabía cómo moverse, cómo manejarse en cualquier situación y ahora la pastilla lo encajaba un poco más. Las chicas más jóvenes no podían dejar de mirarlo y David estaba consciente de lo que podría conseguir si se lo propusiera. Bailaba y era imposible de ignorar. Umi lo dejaba ser, sabiendo que volvería a la casa con ella y que le daría todo lo que quisiera solo a ella.

David era un animal sexual, las proporciones de su cuerpo perfectas. Aunque a simple vista podía lucir descuidado en su apariencia, todo lo que hacía y vestía parecía hecho a su medida. En sus peores tiempos estuvo enganchado a la aguja. Llegó a pesar cien libras y su libido había desaparecido por completo: un espectro arrastrándose por las calles de París y Buenos Aires. Pero con Drummond y la rehabilitación regresó todo. Su caminar y sus ademanes, su gallardía y ese aire de superioridad y confianza que desquiciaba a las mujeres. Hacía el amor sin amor y por horas sin parar. Cuando terminaba no abrazaba ni acariciaba. Se retraía a un lado de la cama hasta el otro día. Umi aprendió a vivir con esto sin averiguar mucho, entendiendo que alguien como David cargaba muchas cosas, y que había que tomar lo bueno con lo malo.

Ahora que David conocía sus límites utilizaba las drogas a su favor, convencido de que lo hacían una mejor persona, un mejor compañero, y definitivamente un mejor amante. Nunca volvería a tocar la heroína. Prefería la psicodelia de los hongos y el ácido, el *speed* de las pastillas y el *mellow* de la yerba a cualquier otra basura de la calle. No asimilaba un mundo sin drogas. Había caído al fondo de su precipicio personal, había sobrevivido y se preguntaba cómo era posible que millones de personas nunca pasarían de una sola dimensión, asustados por las consecuencias o por sus propias debilidades, mientras se perdían de un estado mental alterado que hacía de este mundo de mierda algo tolerable.

Alfonso se movía discretamente al lado de su tío, muy cerca de Ichi. Bailaban ocupándose uno del otro, mucho más lento que el resto de la gente. David no había tenido tiempo para pensarlo bien, pero sentía que la conexión con el sobrino era más profunda que una simple simpatía. El muchacho era su familia, su sangre, y se podía decir que admiraba a David. Nadie en su familia lo había admirado nunca, y que Alfonso tan solo existiera ya era en sí un milagro.

Abrazó al muchacho por el cuello y se lo acercó violentamente, en una muestra de cariño demasiado juvenil para un hombre maduro.

—¡Miyaaaaaaamoto!

Uno tras otro los unió a los cuatro en un círculo pequeño y exclusivo en el medio del galpón; un círculo donde no cabían ni sus padres ni sus abuelos ni nadie que pensara que existía algo más importante que estar allí, abrazados en el centro de todo, dejando que la música los fundiera, girándolos, elevándolos sobre toda la ciudad.

Esa madrugada, cuando las pastillas aún latían, hicieron el amor. Lo hicieron con las ganas y los sentimientos rebosados por los últimos dos días. Umi gritaba, tomada por un espíritu que la sacudía y la martillaba sin piedad. David no hizo nada por controlarla. La Ciudad Colonial, con sus casonas recatadas, sus muros de piedra y sus lámparas chismosas, no había escuchado gritos como aquellos desde los tiempos de la colonia, cuando los españoles hacían y deshacían con nuestras mujeres en sus casas a orillas del río, cuando la conquista aún era una gran fiesta en el nombre de Dios y del Rey.

Cuando terminaron, Umi se desmayó. Las paredes de la habitación sudaban chorros de agua que rodaban lentamente hasta el piso, formando lagunas de color ámbar, anchas y profundas. David cerró los ojos y por primera vez desde que tenía memoria pudo pensar en abrazos y en cercanía. Todo se sentía íntimo y precioso, el pelo largo de Umi en su pecho, como una cama de roble amarillo.

La chica abrió los ojos quince minutos más tarde. David dormía. No quiso despertarlo, así que se quedó en silencio, recorriendo sus cicatrices y tatuajes con la yema de los dedos, preguntándose un millón de cosas. Al igual que para David, el regreso lo había cambiado todo. Quería saber más sobre él y sobre todo eso de lo que nunca habían hablado y que de un momento a otro tenía importancia.

Lo besó muy despacio en los labios y David abrió los ojos. Se encontraban de nuevo en el planeta tierra, donde un abanico giraba lentamente sobre ellos, una cama servía para dormir y donde los gatos aullaban afuera, alentados por Umi, buscándose lo propio para arañarse el resto de la madrugada.

—Quiero saber más.

—¿Más?

—Más. Más de ti. Más de todo.

David no discutió. Sus defensas en el suelo, junto a su ropa.

—De acuerdo.

Se levantó de la cama y se puso los jeans.

—¿Dónde vas?

—¿Quieres saber más? Pues camina.

Salió de la habitación a tomar algo de aire mientras la chica, sorprendida por la inmediatez, se cambiaba. Afuera Fred no había pegado un ojo. Estuvo a unos pocos metros de la tormenta y la había vivido todo como si hubiese estado ahí dentro. Su amigo era un salvaje, y Fred era un simple mortal, con noviecitas insatisfechas y problemas de tarjeta de crédito. De seguro en pocas horas iba a tener que dar explicaciones a los vecinos y fingir que nada de aquello había sucedido allí. Nadie le creería y Fred, para bien y para mal, por fin tendría una reputación.

—Fiera, esto se está complicando. No es que no te quiera aquí, pero creo que es momento de pagarte un hotel.

David sonrió y le hizo una propuesta.

—Si me prestas tu carro ahora, me voy en la mañana.

Fred salió corriendo a buscar las llaves. Las encontró en el bolsillo de un pantalón y se las lanzó. Umi apareció por la puerta, Fred al verla recordó todo lo que había escuchado. Le dio una mirada a su amigo, y le rogó.

—Pero temprano, por favor.

Recorrieron la capital en silencio. Las luces naranjas de los postes de luz empezaban a ceder, dando paso al amanecer de domingo. El aire afuera estaba particularmente frío para ser verano. Las calles aún desiertas. Solo algunos carros de concho destartalados cruzaban de lado a lado la ciudad. Llevaban camareros, *bartenders*, *croupiers*, prostitutas y guachimanes a sus casas; todos con el uniforme desabrochado y las cabezas recostadas de los cristales o de las manos, dormitando o contando propinas. La manada de la madrugada, los vampiros de la parte alta, por ahí por la zona K. Ningún vehículo se detenía en los semáforos a esa hora (para ser honestos, ya nadie se detiene a ninguna hora, pero en la madrugada se sentía natural). David se cruzó la primera luz en rojo sin pensarlo y Umi se horrorizó. David la tranquilizó y le mostró a su alrededor, asegurándole que el único peligro estaba en cruzar la luz en verde.

David rompió el silencio, señalándole lugares y esquinas que recordaba. Hablaba como si estuviese contando la vida de otra persona, alejado de sentimientos y melancolías.

—Aquí me rompieron la cabeza, allí me dieron sesenta puntos por dentro y por fuera, pero el otro quedó peor; en esa casa vivía una novia que se mudó a Nueva York, pero antes de irse me pegó cuernos con un mamagüevo que decía que era mi amigo. Me rompió el corazón.

Complacía a Umi hasta donde podía, contestándole sus preguntas sin acercarse mucho a ese hoyo negro que pretendía halarlo por los tobillos y tirarlo en el fondo, a diez mil recuerdos de profundidad.

Doblaron la Peña Battle y luego la Tunti Cáceres, adentrándose en el corazón de Villa Consuelo. El barrio aún no despertaba. Compraventas, gomeros, colmados, bancas de lotería y tiendas de repuestos. Todos esperando a que un gallo se decidiera a cantar (todavía hay gallos que anuncian la madrugada en barrios de Santo Domingo). David señalaba callejones donde compraba perico y yerba. Probablemente todavía hoy, si se paraba y tocaba la puerta correcta del callejón correcto, podría salir premiado.

Tomaron la ruta del parque Enriquillo y David detuvo el auto. Allí, cruzando la acera, se encontró con un recuerdo de los que no podía ignorar.

El viejo letrero sobre el cabaret apenas se entendía. Debía tener cuarenta años y no lo habían restaurado, mucho menos cambiado. Las letras descoloridas por el tiempo y por la lluvia anunciaban en francés el nombre de un famoso club de París justo en el medio de Villa Juana.

Afuera, una larga fila de motores esperaba por los pocos clientes que todavía quedaban dentro, quemando lo que quedaba de la noche entre romo malo y tetas tristes.

David apagó el auto y subió la radio. Una canción de *Dire Straits* sonaba en una de las dos emisoras de rock que había sobrevivido al holocausto radial reggaetonero de los años dos mil. Un saxofón acompañaba la letra que hablaba sobre camiones de basura prehistóricos, sobre taxis, putas y trucos de medianoche.

David se acomodó en el asiento, encendió el último *blunt* que había traído de España, y empezó a contar.

El *Moulin Rouge* es un lugar oscuro y apestoso, la alegoría francesa obviada completamente por la administración. Un pasillo adornado por luces de Navidad que no se han quitado en dos años lleva hasta un salón donde una decena de mesas rodean un pequeño escenario en forma de T bordeado por sillas individuales reservadas para hombres solitarios y clientes habituales. Cada cierto tiempo aparece en el escenario una bailarina con nombre de constelación o de provincia y hace lo que puede con lo que le va quedando. Utiliza baladas de la Sophy o merengues de Los Hijos del Rey para su acto, aprovechando los espejos y el tubo que sirven de tramoya para contorsionarse y mostrar los más oscuros rincones de su intimidad; rincones mal mantenidos y oxidados, que no han tenido descanso en cientos de años. La clientela no las juzga por sus defectos. Casi todos vienen del mismo barrio o del mismo estrato y se conocen, o por lo menos se comprenden. Las observan en silencio, perdonándoles las cicatrices de cesáreas y las quemadas de *mufflers* de motor, brindándoles algo de dinero, complicidad y comprensión en la búsqueda del peso. Las bailarinas lo aprecian y les abren más sus piernas, enseñándoles sin pudor su alma y sus secretos y sus penas, que son las mismas de todo el mundo en aquel lugar.

Una barra alimenta de alcohol a la clientela, compuesta mayormente por parejas adultas en los preámbulos del motel, jóvenes clase media alta procurándose historias que contar, obreros de construcción recién cobrados y viejas prostitutas acompañando militares.

Una de estas viejas prostitutas acompaña al General, que por primera vez ha traído a sus dos hijos al cabaret. Su hijo mayor cumple quince años y ya es hora de que se vuelva un hombre. El pequeño tiene unos años menos pero a juzgar por sus gustos y por sus inclinaciones, necesita esto más que el grande.

La vieja prostituta se llama Belkis. Maneja a todas las chicas del cabaret y conoce al General desde hace treinta años. Hace ya más de veinte que no han tenido sexo, pero el General confía en ella más que en la mitad de las personas que se hacen llamar sus amigos. Hablan de cosas importantes para el General. Belkis es sabia, escucha y dice las cosas correctas que el General desea escuchar. Ambos comparten el amor por la guaracha, por el ron blanco y por Trujillo. El General le construyó su casa y le envía provisiones y medicinas cuando las necesita. En el camino, se ha singado a todas las hijas y sobrinas de Belkis que han valido la pena. Belkis se las prepara y se las mantiene como al General le gustan: limpiecitas, culúas y sobre todo vírgenes. Las chicas lo complacen y lo entretienen hasta que les pasa el tiempo y envejecen – veintidós años es el límite para el General – y entonces lo aburren y hay que buscarle algo más joven y atrevido para que no las olvide y las provisiones sigan llegando.

Hoy es viernes y los viernes llegan nuevas chicas al «Mulán». Están sentados en la mejor mesa, en el mismo centro del lugar, desde donde dominan la tarima completa. Un travesti baila y gesticula «Vivir así es morir de amor», de Camilo Sesto. Lo hace exageradamente y sin *pizzazz*, un principiante al que nadie le presta atención. A diferencia de las bailarinas, los travestis no se desnudan. Todo lo contrario, se protegen, usando suntuosos vestidos de arandelas y plumajes escarchados que van dejando caer al piso trágicamente, sus rostros pañetados de maquillaje barato, como payasos de *vaudeville* en desgracia. El General, cansado del triste espectáculo, le hace un gesto al DJ y la canción se interrumpe. Odia a los travestis, si lo dejaran los fusilara a todos, pero en este lugar ha aprendido a soportarlos. El travesti recoge las boas y los collares que ha tirado al piso y sale avergonzado por una esquina de la pista. En pocos minutos, una bailarina que no estaba preparada toma su lugar y el merengue favorito del General cambia para bien el tono de la noche.

Darío y David están sentados uno al lado de otro de espaldas a la pista, sus manos apretadas dentro de sus pantalones, incómodos y francamente asustados. Dos muchachitos de Gazcue ajenos a todo este mundo. De vez en cuando se dan la vuelta y alcanzan a ver meseras encueras y prostitutas buscando vida. Todas saludan al

General con cariño, repitiendo su nombre con la confianza del diminutivo y preguntándole si esos dos hombrotes eran sus hijos. El General las abraza, sobándole el culo y preguntándoles por sus familiares, por la salud de sus hijos y por sus esposos, muchos de ellos guardias de bajo rango a los que el General ha ayudado a escalar en el ejército.

David no se recupera de ver a su padre con otra mujer. Lo que es natural para el General es una vergüenza para el muchacho, que siente cómo su madre es traicionada con cada culo sucio que el General acaricia. Su madre es hermosa, elegante, educada. Su madre es limpia y diáfana, esta prostituta es sucia y asquerosa. Cuando llegue se lo va a contar todo y ella sacará al General de la casa. Este viejo le rogará que lo deje volver, pero David le aconsejará que no lo acepte. Ella seguramente sabrá qué hacer y qué decirle porque David no sabe qué hacer ni qué decir, no sabe cómo sentarse ni como mirar a su padre, no sabe si esto es parte de volverse un hombre o de volverse un mal hombre.

Una de las camareras les trae una bandeja con un servicio de bebidas: una botella de ron blanco, una hielera de plástico y cuatro vasos de cristal que coloca en el centro de la mesa. Belkis sirve los tragos: hielo, ron y nada más. Sirve un vaso y se lo acerca al General. Sirve un segundo vaso y se lo pasa a Darío, que lo toma con reparo. Sirve un tercer vaso y se lo pasa a David. El General la detiene.

—A ese no le sirvas, que ese me salió medio mariconcito.

—Coño, Fonchito. Las cosas tuyas. —Belkis ríe por la nariz—. Pero es verdad que tiene cara de eso. Recuesta la cabeza y cuando ríe abre la boca, mostrando varias piezas menos y dos dientes de oro mal cuidados.

Todo aquello le provoca asco a David, que piensa *coge mariconcito ahora*, su asco ahora rabioso. Toma la botella, le corre la tapa, y sin quitarle los ojos de encima a la prostituta se da un trago de ron que casi lo tumba de la silla. Tose incontrolablemente con todo su cuerpo, lágrimas rodando por las mejillas, mientras su hermano lo toma por los hombros y lo sienta derecho, arrancándole la botella de las manos.

—Míralo ahí, y tú que decías que era un mariconcito.

Belkis ríe a todo pulmón, pegándole golpes a la mesa. La risa es odiosa y teatral. David se siente mareado y enfermo y aun así odia tanto a la vieja prostituta que podría matarla. *¿Quién es esta mujer y por qué está sentada en la mesa? ¿Qué es este lugar y qué estamos haciendo aquí?* Son demasiadas preguntas y todo le da vueltas y quiere vomitar y no se atreve a abrir la boca. Se seca las lágrimas y se agarra a su silla para no caerse.

El General le quita la botella a Darío y le cierra bien la tapa, como diciendo *ya está bien por ahora*. Se recuesta del espaldar y mira a sus dos hijos con algo que asemeja orgullo. Hasta el chiquito se ha defendido bien. Devuelve los ojos a la pista, donde Casiopea ya está desnuda por completo y tirada en el suelo del escenario, intentando un truco guardado para el cierre, que involucra un frasco de vaselina y el fondo de una botella de cerveza.

❖

La próxima hora es un borrón para David. El mundo no ha parado de dar vueltas y se siente indefenso y nauseabundo. La música estalla las frecuencias altas de las bocinas, las camareras se le acercan y le revolotean el pelo, sobándole de paso el pecho y los hombros. No sabe cómo decirle al General que necesita irse. Si se lo dice, confirmaría todas sus teorías. A los trece años no debería estar probándose a sí mismo y sin embargo eso es exactamente lo que hace, agarrado a los bordes de esa silla, complaciendo a su padre una vez más.

El General sienta a una prostituta entre los dos muchachos. La mujer tiene el pelo teñido de rojo, huele a trementina y a cerveza, y le presta toda su atención a Darío, dándole la espalda a David, que pestañea pesado. El hermano más grande toma pequeños sorbos del vaso de ron y parece estar manejando la situación mejor. La prostituta le toma las manos y le mete una entre las tetas y la otra en su entrepierna. Darío pretende estar calmado, pero por dentro su corazón revienta. Hace un esfuerzo, acomodándose y dejándose llevar. Belkis le señala al hermano menor a la prostituta, advirtiéndole que «si un cuero no puede con dos mierditas, que busque otra cosa que hacer». La chica se da la vuelta y encuentra a David con la mirada perdida sobre la mesa. Le toma una de sus manos y se la lleva hasta su pecho, por dentro de la pequeña blusa de goma que usa a medio talle, en una maniobra que domina perfectamente. David recorre la forma de una teta por primera vez en su vida. Está flácida y se siente como un saco de arena llenado con descuido. El pezón ocupa la palma completa de su mano, y todo el pecho está sudado. Aun así se excita sin control, escondiendo algo que se asoma por su pantalón y que le da tanta vergüenza que podría morirse.

Belkis le señala al General.

—Mira papi, parece que se le para al mariconcito.

David retira su mano del pecho de la chica y de un tirón se cubre la entrepierna. Cuando crezca piensa regresar a este lugar y ahorcar a este cuero anciano con sus propias manos.

El General no hace ningún comentario y David se lo agradece en silencio.

En una mesa cercana, un albañil discute con una chica de las que ha estado atendiendo al General la noche entera. Todo comenzó porque la chica se niega a prestarle atención. El albañil alega que tiene dinero para gastar, pero la chica le aclara que ella no jode con haitianos. El albañil, un señor oscuro y fornido a base de cargar bloques el día entero, la toma violentamente por los cabellos y la sienta en una silla, gritándole a todo el lugar que «él no es haitiano, que es de Barahona y que ella se lo va a mamar, quiéralo o no».

La chica se llama Carmen y ha sido particularmente buena con David. Se ha preocupado por él cuando se enfermó con el alcohol, ubicándole un vaso de refresco y preguntándole si quería ir al baño. Carmen lo ha tratado con compasión y ahora está en problemas. David no quiere que nada malo le pase.

El albañil la manotea de nuevo. David se inquieta.

—Papi... —llamando la atención de su padre. En otro momento, el General le hubiese borrado el *papi* de una galleta al muchacho, pero ahora mismo está ocupado oliendo por todos los rincones a una niña de catorce años que Belkis le ha sentado en las piernas. La niña ha llegado de Jarabacoa hace dos días. Es virgen y parece hermanita de los muchachos.

David lo intenta de nuevo, en otro tono.

—General, usted la conoce.

El General mira hacia la mesa, donde el albañil le sirve un vaso de cerveza a la chica. La chica lo deja caer torpemente y el albañil le pega un pescozón que la hace besar la mesa.

David salta de su silla.

—General... —una vez más, rogándole.

El General echa a la jovencita a un lado, se incorpora y se sube los pantalones. David anticipa lo que le va a pasar al albañil: toda la furia del Ejército Nacional le caerá en un solo culatazo en el medio de la cara y la muchacha quedará salvada y le buscará otro vaso de refresco. Pero está equivocado. Eso no va a suceder. El General no solo ignora a Carmen, sino que la sentencia.

—Ella sabe defenderse. Si no sabe que aprenda, que de eso es que ella vive — tomando a la niña de Jarabacoa por el codo y levantándola de la silla, llevándosela por un pasillo reservado para empleados y bailarinas del que regresará media hora más tarde, liviano y satisfecho, con la correa desabrochada y la camisa al hombro. Pagará la cuenta y les dirá a los muchachos — quienes no se habrán movido de sus sillas — que es hora de irse.

La niña de Jarabacoa también regresará, pero será menos niña; caminará torpemente algunos pasos detrás del General, subiéndose la falda y secándose el maquillaje, adolorida y llorosa, con cincuenta pesos en los bolsillos y la promesa de que en lo adelante un guardia se encargará de darle una mejor vida.

El General monta a los muchachos en el carro sin decir nada. David quisiera llegar a su habitación, enjabonarse por todos lados y acostarse sin pensar en más nada, pero la ruta que toman no es la ruta hacia la casona. El General baja los cristales y enciende un cigarrillo, el *click* del encendedor de Petán resonando como un perdigonazo. Maneja el automóvil con la punta de los dedos. El automóvil le responde con suavidad, una mantequilla de ocho cilindros que dobla sin esfuerzo mientras los chicos se resbalan de un lado a otro sobre la piel recién encerada de los sillones. En las esquinas, agentes de tránsito vestidos de gris y bombo blanco le detienen un tráfico imaginario para que puedan pasar, haciendo saludos militares que El General no devuelve.

Veinte minutos más tarde se parquean en la Palo Hincado, en el corazón de Ciudad Nueva, que de Nueva ya no tiene nada. Con sus casas hiladas una tras otra sin linderos, pintadas de color azul y amarillo y rojo, sus balcones y sus salas cerquita de la acera, sus pisos de granito veteado, sus mecedoras y sus largos pasillos que se ven desde la calle y que llevan a imaginarse cómo transcurría la vida allí durante la revolución, durante los doce años, durante cualquier otro tiempo que no fuese el presente.

El General apaga el auto. Todo está en silencio salvo una canción de Leo Dan que sale del *8-Track*.

"Mary es mi amor
Solo con ella vivo la felicidad
Yo sé que nunca nadie más podría amar
Porque la quiero de verdad..."

David quisiera averiguar qué hacen allí, pero la noche le ha quitado las ganas de hablar. Un perro flaco y desgarbado sube la acera lentamente, sin ganas de ir a ninguna parte. Todos los perros de Ciudad Nueva caminan sin ganas. David saca la cabeza para seguirlo. El perro se da la vuelta y mira al chico a los ojos antes de continuar su camino rumbo a la Padre Billini, donde dobla la esquina y se pierde para siempre.

Cuando David entra la cabeza, el General no está en el auto. Ha cruzado la calle y toca en una casa del otro lado de la acera.

—¿Dónde estamos ahora, Darío?

—No sé.

—Tengo sueño.

—Cállate, será mejor.

Una mujer aparece por la puerta de una casa pintada de azul claro, las cornisas resaltadas en azul marino.

La calle está oscura, pero David hace un esfuerzo por descifrar quién saluda al General con un beso y un abrazo.

—¿Quién es esa?

Darío no contesta, aunque imagina perfectamente la respuesta.

El General la empuja por la cintura mientras cruzan la calle. La toca con la confianza con la que tocaba a Belkis y a la niña de Jarabacoa. Una confianza particular que ninguno de los chicos es capaz de describir aún pero que años más tarde David recordaría, cada vez que tuviese que tomar el control de una situación.

Y es que David aprendió del General mucho más de lo que querría admitir.

La mujer viste un camisón azul, tacos de brillo y libras de maquillaje en el rostro. Fuma un cigarrillo y su voz es áspera. Debe tener cerca de cincuenta, aunque es obvio que lucha como puede contra el tiempo. Tiene las tetas grandes y exprimidas por un sostén dos tamaños más pequeño que el adecuado. Camina de puntas, moviendo solo las partes que necesita mover, como una yegua de paso. El General le da la vuelta y la lleva hasta el lado del pasajero, donde Darío espera mirando hacia el frente, como un preso en un banco de tribunal.

La mujer se agacha y le da una mirada al muchacho.

—Pero muy buen mozo, Fonchito —. La voz rasposa se escucha a través de la ventana, reiterando un piropo que han escuchado varias veces esta noche.

—Hijo mío —responde orgulloso El General, abriendo la puerta. Darío no se mueve hasta que su padre —a su manera, por supuesto— no le presenta formalmente a la mujer.

—Darío, vete con Maritza.

—¿A dónde?

—Vete, camina.

Darío la mira. La mujer fabrica una sonrisa de dientes amarillentos y pequeños, y le tiende una mano. Darío sale y se para en la acera, esperando instrucciones. Maritza mete la cabeza y se da cuenta que hay otro chico en el auto.

—¿Y este?

La luces interiores del Caprice rebotan sobre el rostro de la meretriz, enseñando una máscara antigua y mal restaurada. David no entiende la pregunta, pero siente algo repugnante en su estómago, una cucaracha dando vueltas en círculos, tratando de salir.

—Ese todavía no.

—¿Y por qué no? Ya debe tener pelitos. Ahorita preña —. Guiñándole un ojo al chico que siente la cucaracha del estómago subir a su garganta.

El General entra la cabeza por la ventana.

—¿Cuántos años es que tú tienes?

—Doce, casi trece.

El General no se decide.

"Llévate a ese alante. Si éste no se duerme hablamos cuando vuelvas."

Maritza se vuelve a Darío. "Vámonos, mi rey," tomándolo de la mano y ayudándolo a cruzar la calle, como si existiese algún peligro en cruzar una calle de Ciudad Nueva, desierta por demás, a medianoche.

Algún otro peligro que no fuese precisamente ella.

David observa a su hermano entrar a la casa. Podría jurar que Darío se ha volteado y le ha dado una mirada justo antes de cruzar la puerta y perderse en el interior.

En el radio, el reloj marca las 11:31.

David tiene sueño y un dolor de cabeza insoportable. Se tumba en el asiento trasero, siente el olor a piel tratada y aunque aún es un niño desde ya sabe que nunca olvidará ese olor. Leo Dan canta en la radio. Afuera el General se recuesta del bonete y enciende otro cigarrillo con el encendedor de Petán. David cierra los ojos y en pocos segundos se pierde en un sueño donde el perro que le acaba de cruzar por el lado ahora lo persigue por una llanura. El perro se llama General y tiene hambre y muestra sus dientes cuando corre. Carmen, la prostituta golpeada, también está allí, persiguiendo al perro y mandándolo a detenerse. La llanura es interminable. El perro gana terreno y David no puede parar de correr. Llegan a un precipicio y el chico se detiene. El perro por fin lo alcanza, agarrándolo primero por los ruedos del pantalón y luego por su entrepierna. El perro muerde pero no encuentra nada. David siente alivio y vergüenza a la vez: no tiene nada que le puedan morder. David mira de nuevo, pero ahora es Carmen la que muerde allí abajo. Tiene un ojo morado y está desnuda. Muerde con gusto y David siente otra erección venir. Carmen mueve su boca de un lado a otro, buscando y sintiendo. David abre los ojos justo antes de que la prostituta lo haga terminar.

El reloj del radio marca las 11:58 y Darío viene cruzando la calle de regreso. Sus ojos no se levantan del piso. Abre la puerta y se sienta al lado del General, mirando a un punto fijo del parabrisas y pidiéndole a Dios que nadie le pregunte nada.

Maritza está parada en el zaguán de la casa, recostada del marco, esperando por el segundo hijo para cerrar la noche. Su camisón azul apenas se ha estrujado. Darío duró poco y estuvo nervioso todo el tiempo. El pequeño debería ser aún más fácil. Maritza los entiende. Sus tetas hacen reventar al más veterano, por eso trata de no provocar a los muchachitos, dejándoles vivir una experiencia de la que no se avergüencen por el resto de sus vidas. Es tarde y tiene sueño, así que cruza la calle y se recuesta de la ventana.

—Ese ya es un hombre, Fonchito —le reporta con orgullo, tirándole un beso a Darío que no deja de mirar al parabrisas. —¿Y este, entonces?

El General se da la vuelta.

—David...

El chico, acabado de despertar, se restriega los ojos.

—Ve.

—¿A dónde?

El General abre la puerta trasera desde el frente.

—Dale, muchacho, que te vas a acordar de mí —. Una de las pocas veces en que intentó hacerse el gracioso con sus hijos.

—¿Darío? —David busca de su hermano.

—Dile, Darío.

Darío mira a su padre que le pide que diga algo. Es tarde y no tienen tiempo para pendejadas. Darío sabe lo que debería decir. "No vayas, David." Entre doce y quince años hay un mundo de diferencia, un despertar que merece cuidado, una inocencia que, como una capa de pintura, debe irse descascarando lentamente. Su hermanito no debería cruzar esa calle. Él tampoco debió cruzarla pero lo hizo y ya salió de eso, ya es un hombre. La mujer era mayor y olía a perfumador de carro, pero tenía dos tetas gigantes y el acto no había estado tan mal. Aguantó cuanto pudo y luego se dejó ir. La mujer no se burló. Lo ayudó a quitarse el condón y a vestirse y le dijo que había estado muy bien. Darío no quiere hablar de eso, así que mira a un punto del parabrisas, mientras le dice a su hermano exactamente lo que no debería decirle.

—Te va a gustar, David. No tengas miedo —sabiendo que se arrepentirá la vida entera de no protegerlo, de no decirle al General que dejaran al chiquito tranquilo y que se fueran a la casa, que ya estaba bien por hoy.

David sale del auto y toma la mano del fantasma de las tetas grandes y del camisón azul que lo carga sobre sus pechos y lo cruza por encima de la calle, sobre los postes de luz y sobre las azoteas de Ciudad Nueva. El fantasma entra aleteando el camisón por la ventana de una habitación oscura y deposita al chico en una cama protegida por un mosquitero. Prende unas velas y se retoca frente a un espejo, regando polvos talcos con una brocha por todo su cuerpo. David mira al fantasma desde la cama, a través de la cuadrícula diminuta del mosquitero. Está solo y la habitación es extraña. La luz de las velas hacen sombras y crean formas que caminan temblorosas por las paredes y por el techo, entrando y saliendo del mosquitero cuando les da la gana. El fantasma le pide que no tenga miedo y le asegura que todo va a estar bien. David le cree a medias y el fantasma le desabrocha el pantalón. David siente la lengua del fantasma recorrer lugares que no debería recorrer, partes que le habían vendido como privadas. Todos sus sentimientos están encontrados. Quisiera salir corriendo y a la vez quisiera quedarse metido más tiempo en el fantasma, escapar volando y a la vez crecer ahí dentro. El fantasma le da direcciones con la lengua, que también es azul y tibia. El fantasma saca sus tetas y David las toca: sus segundas tetas de la noche. El fantasma se acomoda y David siente una humedad que moja todas las sábanas de la ciudad, luego siente todo el calor de la tierra en sus entrañas y por último una explosión que lo sacude y que desencaja al mundo de su eje. Sus ojos

— claros de por sí — han quedado completamente blancos y sus rodillas chocan una con la otra, temblando sin control. El fantasma se guarda las tetas y se cubre con el camisón. Todo dura apenas un minuto pero para David ha durado cien años, cien siglos.

El fantasma enciende otro cigarrillo y le pregunta con voz ronca si le ha gustado. El chico no le contesta. No sabría explicarle que la odia porque todavía no sabe que la odia. Se tira una sábana encima mientras el fantasma, —sin saber qué hacer porque nunca ha tenido hijos— le recuerda que es tarde, que lo esperan al cruzar la calle, que recuerde que ya es un hombre y que deje de llorar, que los hombres no lloran.

El convertible de Fred estaba parqueado en la misma Palo Hincado, a unos metros de donde treinta años antes estuvo parqueado el Caprice del General. Eran las seis de la mañana y la noche había durado una eternidad.

David se bajó del automóvil y se paseó entre las casas del vecindario, buscando alguna seña en particular que lo ayudara a encontrar lo que buscaba, aunque probablemente perdía su tiempo. Se asomó por uno de los balcones y encontró a una anciana sentada en una mecedora haciendo el esfuerzo de leer un periódico. La anciana vestía una bata de dormir azul clara. Toda su piel le colgaba del cuerpo como si se le hubiese despegado a base de vapor. Sus pechos rozaban sus rodillas y su pelo blanco poblaba la cabeza por parches. La anciana bajó el periódico y David no pudo creerlo.

—Saludos.

La anciana no le contestó. Sus ojos se agudizaron, buscando en su memoria quién era aquel hombre recostado de su balcón tan temprano en la mañana.

—¿Se acuerda de mí?

—¿Qué? —La anciana estaba sorda. David le hizo señas de que se acercara y la anciana repitió. —¿Qué?

—¿No se acuerda de mí? Venga acá. Venga para que se acuerde.

Detrás de los ojos de la anciana no había nada. David le hizo señas de nuevo de que se acercara y la anciana caminó hacia el balcón. Su cuerpo encogido y encorvado había perdido la apuesta contra el tiempo, un cascarón de lo que había sido, apenas alcanzándole para respirar, comer avena y cagar. La anciana pasaba todo el tiempo deseando morirse en la tranquilidad de su mecedora, a unos cuantos pasos de la habitación donde había hecho el amor en todas las posiciones y con toda la capital: con ricos y con desalmados, con políticos, con peloteros, con artistas, con homosexuales encubiertos y con banqueros depravados, con muchachitos en pubertad y con viejos en agonía, con otras mujeres, con escritores, con revolucionarios y con poetas, con presidentes y con guardias, con soldados gringos en abril y con comunistas en junio. Había hecho el amor con toda la raza humana y ahora estaba en blanco, traicionada por los años y por un cuerpo que había dado placer a toda una población, y que ahora ya no la quería.

David le habló al oído y por un segundo la anciana pareció recordar algo, sus ojos brillaron lo que duraron las cinco palabras que David le susurró y de inmediato se volvieron a apagar.

—Indecente. Aquí no vive nadie que hiciera eso —Indignada volvió lentamente a su mecedora y subió el periódico.

David sonrió y caminó hacia el automóvil donde Umi había visto todo, y decidía que no necesitaba ver más nada, que era mejor si dejaban el pasado donde estaba, y que el futuro era lo único que realmente importaba al lado de un hombre como David.

DOMINGO

EL DÍA DEL TESTAMENTO

El abanico de techo giraba lentamente sobre la cama, sus aspas hacían lo mejor que podían disipando el calor por toda la habitación. La chica dormía sobre su costado, pero David no había podido cerrar los ojos.

Afuera era domingo y la ciudad descansaba.

Se levantó y salió en puntillas del cuarto, llevando los zapatos en las manos. Fred dormía desparramado en el sofá de la sala. David quería estar solo. Estaba cansado de hablar y de dar explicaciones, así que terminó de cambiarse en la acera ante la mirada de todos los que pasaban por allí. Familias finamente vestidas de algodón caminaban rumbo a la catedral a oír misa de domingo, niños vestidos de blanco llevados de la mano por sus padres le pasaban por el lado y no paraban de mirarle los tatuajes. David se cambió sin prisa, como si estuviese en la privacidad de su habitación. Caminó unas cuadras abrochándose los botones de la camisa, respirando el aire de mar que llegaba en la brisa del sur que subía por la Isabel La Católica. Compró un café negro en una barra sacada de un catálogo colonial y se lo tomó con los ojos cerrados, dejándose manotear por el olor. El café de esta ciudad no tiene comparación. En una esquina de la barra, dos caballeros jugaban ajedrez. Vestían chabacanas y corbatines y sombreros y parecían haber estado jugando ajedrez en esa misma mesa todos los domingos de los últimos cien años. Eran delgados, olían a colonia y le recordaban a su abuelo materno.

Su abuelo se llamaba Horacio y vivió toda su vida en Moca. Era un hombre esbelto y bien vestido, de muchas historias y de buen hablar. David lo recuerda por los callos de sus manos y por la bondad de sus ojos azules. El abuelo enviudó cuando la abuela daba a luz a su última hija. La vida le había dado algunas cosas y le había quitado otras, por lo que, a pesar de todo, Horacio fue un hombre conforme.

Horacio y El General nunca se entendieron. El viejo siempre creyó que su hija se merecía algo mucho mejor y El General nunca respetó al viejo, que aparte de antitrujillista y por consecuencia antibalaguerista, no tenía más aspiraciones que las de atender una vieja finca, criar a sus cuatro hijas y disfrutar de sus nietos las pocas veces que se los mandaban. Trujillo en persona llegó a reclamarle al General que su suegro era un conspirador, lo que el General negaba a sabiendas que le mentía al jefe. El General nunca le perdonó al viejo el riesgo en el que había puesto a su familia.

Los veranos en Moca eran inolvidables. David todavía recordaba caballos, ríos, desayunos de víveres y chocolate, primas hermosas y paseos por el parque. El abuelo tenía una vieja camioneta *Ford* en la que todos los nietos se montaban, brincando en la parte de atrás mientras recorrían el pueblo de una punta a la otra. El abuelo les hacía las mismas historias y los mismos chistes cuando cruzaban por los mismos lugares y los nietos reían como si los escuchasen por primera vez.

Darío también estaba allí. Para esos tiempos todavía jugaban pelota y se bañaban en la poza y se dormían en la misma cama. Darío con diez años. Un hermano como cualquier otro. Un poco lento para correr y malo con el bate, pero un hermano común y corriente, sin complejos y sin rencores.

Quizás era la empatía, quizás eran los genes, pero no se podía negar que David era el retrato vivo de su abuelo. La herencia —ese rompecabezas temperamental— los eligió como iguales. Los ojos claros del viejo y del nieto eran no solo idénticos, sino los únicos ojos claros en una familia que cubría todos los rincones del Cibao. Esta distinción —que provocaba orgullo y envidia a la vez— los hacía cómplices de un privilegio propio de príncipes y aristócratas, y los ataba en una comparación que nunca terminaba de gastarse.

Ese muchacho tiene los mismos ojos de su abuelo.

Pero la complicidad no terminaba en los rasgos europeos. De todos los hijos de sus hijas, el que más lo quiso y el que más lo acompañó fue David. Cuando los nietos se iban a la cama, el abuelo se quedaba en la galería escuchando danzones. David asumía que su abuelo estaba triste porque los danzones sonaban tristes, así que salía a la galería, se sentaba en sus piernas y le pedía una historia, tanto para él como para el viejo. El abuelo, que conocía la rutina, fingía sorprenderse de que el niño estuviese despierto, sacaba un libro y leía. *Cuentos de la selva, Capitanes intrépidos, A través del espejo.* David escuchaba los relatos sentado en sus piernas, meciéndose lentamente hasta quedarse dormido.

Las semanas pasaban rápido y cuando abrían los ojos ya corría agosto y estaban de regreso a la capital. El abuelo Horacio nunca venía a la capital pero en sus cumpleaños les mandaba tarjetas premiadas con cien, doscientos, quinientos pesos. También les mandaba libros. Libros de Jack London, de Julio Verne. Libros que David se leía y que cuando llegaba el verano discutía con el abuelo. El General se burlaba del viejo abiertamente. Le llamaba Juan Bosch por soñador. Le llamaba comunista y se burlaba de su castidad y de que nunca más se le conoció un culo. Se daba dos tragos y se la cogía con el abuelo. *"Cuidao' si el hombre se metió a maricón después de viejo".* Digna tenía que quedarse callada, mordiéndose la lengua sin tomar un lado u otro.

Horacio murió de cáncer cuando David cumplió once años. Murió y tuvo la suerte de no ver al muchacho convertido en azote. La enfermedad fue larga y preparó a los adultos para su partida. A los niños no los preparó porque los niños no tienen por qué enterarse de que el cáncer existe y que se lleva a todos cuanto toca. El funeral fue en Moca. Todos los nietos montaron la vieja camioneta hasta el cementerio pero esta vez no brincaron ni gritaron. El recorrido por el pueblo fue silencioso. David no había sentido lo que era perder algo importante hasta que Horacio murió. Su abuelo había sido un buen hombre y la única figura masculina que lo cargaba en las piernas y lo llevaba en brazos a la cama cuando finalmente se quedaba dormido. En el cementerio lo lloró como un niño de once años sabía llorar, con vergüenza, metido entre la falda de Digna y escondiendo sus lágrimas del General, que se pasó el entierro en una esquina del cementerio hablando más alto de la cuenta con los dueños del pueblo. Fue cuando el ataúd finalmente estuvo bajo tierra y el albañil gritó "¡mezcla!" que el General se acercó al grupo y le puso la mano en los hombros a la Viuda —su manera particular de decir lo siento—, miró a David y anunció.

—Murió el viejo.

Lo dijo tarde y a manera de reportero. Digna colocó su rostro entre las condecoraciones del uniforme del General y lloró con ganas pero en silencio. El General se la llevó lentamente del lugar. David se quedó parado en medio de un grupo de señoras que cantaba *Un Mandamiento Nuevo*, a ese volumen que lejos de producir esperanzas solo produce tristeza y desolación, mientras el albañil y su ayudante se pasaban cubos de mezcla y herramientas, sellando el nicho y escribiendo con una plana el nombre del abuelo en el cemento fresco.

Nadie acompañó a David a llorar al abuelo como se merecía. Cuando regresaron a la finca, Digna se mantuvo ocupada organizando la comida y los nueve días, el

General se perdió en el pueblo de su juventud haciendo quién sabe qué (aunque para este momento ya todos sabemos qué) y Darío pareció ni sentirlo. Apenas llegaron, sus primos se dispersaron por los jardines jugando al *topao* como si el muerto hubiese sido uno de los caballos y no el dueño de todo aquello. David quería gritarle a todos que se fueran de la finca, que lo dejaran solo con los libros de su abuelo para poder dar gritos como quería, pero no se atrevió. Se sentó con la barbilla enterrada en su pecho en una mecedora en el medio de la galería y no se movió de allí lo que quedó de la tarde.

La finca la vendieron un año más tarde a Bienes Nacionales. El General, que apenas pisaba el lugar, dirigió las negociaciones como si estuviese vendiendo pan de agua, sacando lo suyo primero y sin ninguna consideración por lo que el abuelo había dejado. Poco después el gobierno inició la construcción de edificios multifamiliares para los refugiados de uno de los tantos huracanes que azotaron la República en los años setenta y ochenta. La construcción tomó quince años y nunca llegó a concluirse.

Hoy en día los edificios están totalmente abandonados, como el abuelo en su tumba del cementerio de Moca.

Se sentó en un banco del Parque Colón. No había una sola nube en el cielo y las palomas llegaban por los cientos, le pasaban por el lado, le susurraban algo al oído que David no entendía y se recostaban de la estatua del descubridor, cagándola sin compasión: una lluvia de bendiciones caída de los cielos sobre el navegante, figura cada vez más deshonrada con cada día de la raza que pasa.

Un limpiabotas se le acercó. No pasaba de diez años. Arrastraba un par de chancletas de goma en sus últimas y su ropa era toda andrajos. Le señaló los zapatos.

"Están sucios, jefe. ¿Se lo' limpiamos?"

David midió al muchacho. Tenía tiempo para perder, así que se levantó los ruedos de los jeans. El limpiabotas se le arrodilló en frente como si David fuese un Dios. Sacó sus instrumentos y David subió el pie derecho en la vieja caja. El chico empezó a desempolvar las botas con un cepillo.

Cientos de turistas recién bajados de un barco crucero llegaron en manada a los alrededores del parque, poblando las cafeterías, los *gift shops* y las tiendas de cigarros. Cargaban cámaras fotográficas, bloqueador solar, dólares y euros. Guías turísticos los llevaban a los pequeños bazares de dónde se llevarían el Caribe por partes en una bolsa.

—La gente de lo' barco'…

—Eso veo.

—Un día me voy en uno de esos.

—¿Ajá?

—Me voy a conseguir una italiana —mostrando una sonrisa pura, nacida para un catálogo de UNICEF o de Benetton. —¿Usted ha ido a Italia?

—Sí. Varias veces.

—E' lindo, ¿veldá?

—Muy lindo.

Los ojos del limpiabotas se iluminaron.

—Yo sé que debe se' lindo.

El chico cepilló con más ganas. Le acababan de confirmar que Italia era hermoso. Aunque no tenía ninguna duda, la confirmación le dio ánimos. Estrelló el paño contra la bota con decisión.

Una joven se sentó en el banco de enfrente. Llevaba extensiones de pelo y una blusa recogida encima del ombligo, jeans ajustados y tacones rojos. El limpiabotas la miró y luego miró a David.

—Esa se va con usted de una vez, mi jefe. Se la puede llevar a Boca Chica y traerla de noche o cuando usted quiera. Ella vive allí mismo y es extranjera.

Boca Chica, esa playa legendaria a treinta minutos del centro de la ciudad. Hogar del *Cocotazo*, de pescados fritos y delincuentes internacionales buscados por la INTERPOL, de tubos en alquiler y de las promesas más sórdidas de todas las Antillas.

—Usted tiene carro, ¿verdad?

—No.

El chico pareció decepcionado. *Un tipo con unas botas tan bacanas y andando a pie*, pensó.

—Puede pedir un taxi —le sugirió, señalando la esquina donde varios taxistas esperaban por turnos.

—Dale, limpia.

El limpiabotas volvió a su oficio. La extranjera —que parecía llegada en la nueva oleada suramericana— había escuchado parte de la conversación. Se paró sin ceremonia y sin mirarlo otra vez se marchó. El chico tocó la caja, señal de cambio de pies. David sonrió al recordar el ritual de la limpiada y subió la otra bota en la caja. Miró a su alrededor y pensó en cómo sería vivir en aquella ciudad de nuevo, acomodado y sin preocupaciones. Esa tarde habría un almuerzo y leerían el testamento. Todos se sentarían en la mesa y fingirían darse una oportunidad. Darío y su familia, David y su novia. Todos irían por complacer a La Viuda, que debía al menos sospechar que la complacían solo por la posibilidad del dinero. Si las cosas salían bien —si el General tuvo algún rastro de decencia o de culpabilidad al final de sus días— David sería rico en unas cuantas horas. Podía presentirlo. Estaba incluido. Santo Domingo es una ciudad que sabe tratar a sus ricos. Con sus restaurantes de primera, sus playas privadas y atardeceres de postal, sus complejos turísticos cercados, sus sirvientes atentos, baratos y amigables, sus aeropuertos a la orilla del mar. Era difícil hacerle justicia a la hermosura de la isla, siempre que pudieras pagarla. David podría vivir allí. Tendría que hacer nuevas amistades —porque sus viejos amigos ya no existían— pero eso sería lo de menos. Los ricos nunca están solos. Quizás podría invitar a Drummond a vivir con ellos en alguna playa. El viejo sacerdote sería feliz cerca del mar, rodeado de sus libros, de sus vinos de segunda, de sus prostitutas rusas. Le debía tanto y ahora finalmente podría pagarle toda la bondad que el viejo le había brindado. Madrid siempre estaría a ocho horas, más cerca de lo que parecía, y tomar un avión no sería problemas.

Por el otro lado, aceptar cualquier herencia sería decirle que sí a todo lo que El General había acumulado y a la manera en que lo había hecho. Dos pesos que heredase eran dos pesos que lo condenarían a respetar la memoria de su padre. La conciencia no era una virtud que se le daba fácil, era más bien algo que seguía desarrollando a base de esfuerzo. Los años que había pasado junto a Drummond lo habían hecho un mejor ser humano, sin lugar a dudas, pero hasta Jesucristo dudó cuando le llegó la hora.

¿Qué opinaría el viejo sacerdote de todo aquello? Pensó en llamarlo y preguntarle. Quizás si le ofreciera un aposento en el paraíso Drummond le daría una respuesta rápida y sencilla. Con suerte le diría que la sangre es la sangre, que las herencias se manejan en marcos legales y no morales y que se merecía cualquier cantidad de dinero por todo a lo que había renunciado. Le hubiese encantado conseguir esa respuesta, corta y concisa, pero estaba seguro que la conversación sería larga y terminaría en una disertación hegeliana sobre los dilemas morales, la coherencia del hombre y el sentimiento de culpa, procurando que David llegase por sus propios pies a la decisión correcta.

Pero David no tenía tiempo para disertaciones. Allí, sentado en el parque Colón, a siete mil kilómetros de distancia de su mentor, tenía unas cuantas horas para decidir por sí mismo qué camino tomaría cuando el abogado leyese por fin el legado.

Escuchó los últimos toques en la caja y bajó la mirada. El limpiabotas terminaba de aplicarle pasta a las botas que ahora relucían. El chico había hecho un buen trabajo y se merecía su paga. David sacó diez euros y se los pasó. El limpiabotas no entendía qué hacer con eso. Solo conocía de monedas y pesos dominicanos. Miró la papeleta cuadrada y no supo qué pensar.

—Tómalo. Es mucho dinero.

El chico todavía dudaba.

—Es dinero italiano. Si quieres lo cambias, o puedes guardarlo.

—¿Esto... esto es dinero de Italia?

—Sí.

—¿En serio?

David asintió. El limpiabotas sonrió, miró a todos lados y guardó el billete, cuidándose de que no le fuesen a robar, asegurándose que nadie supiera lo que estaba guardando. Los guardó como un tesoro dentro de sus calzoncillos, la papeleta rozando sus partes más privadas, alentando a su virilidad a crecer lo antes posible para gastar ese dinero, a darse rápido, que Italia y el mundo lo estaban esperando.

Cuando regresó al estudio ya era casi mediodía. El tiempo había volado y todavía no tenía una respuesta. Abrió la puerta y se encontró a Umi sentada en el comedor, mirando como quien espera que la puerta se abra para salir corriendo y abrazar a alguien.

Y eso fue exactamente lo que hizo.

Del otro lado del abrazo, David miró los restos del desayuno aún sobre la mesa —dos trozos de plátano hervido y una rueda de salami bañados de cebolla roja abandonados en un plato— y sospechó lo que había sucedido, porque las palomas del parque se lo habían intentado decir. De seguro la llamada de España interrumpió el desayuno. Podía imaginarse a la chica tomando el teléfono y llevándose la mano a la boca, quizás dejando caer el tenedor o pateando la silla. Umi era dramática cuando se trataba de la muerte, así que cuando por fin lo abrazó, sollozando, no tuvo ni siquiera que hablar.

El sacerdote había muerto y el desayuno estaba abandonado sobre la mesa.

Parado en una esquina, Fred los vio abrazarse. Umi lo apretaba con ganas y David dejaba caer los brazos a sus costados como quien entrega sus armas vencido, desolado.

—Eras su hijo. Eras su hijo —repetía la chica; un desahogo que lejos de cumplir el propósito de consolar, dolía más cada vez que lo decía.

David la apartó y caminó lentamente hacia el balcón hasta recostarse del marco de la puerta. El sacerdote había muerto y su corazón se quedaba vacío. Los recuerdos llegaron volando, empaquetados en un solo nudo que pronto se iría desenvolviendo, pero que por ahora le apretaba la garganta y el pecho y le llenaba los ojos de unas lágrimas que no eran suficientes para lo que estaba sintiendo.

Afuera, las campanas de la primera catedral del Nuevo Mundo anunciaban el mediodía. Los niños volaban chichigüas en el malecón, los turistas almorzaban en la Plaza España y las palomas que ya habían cagado a Colón le cruzaban por el frente a David tomando vuelo, aliviadas de mierda, dejando el mundo atrás, enfilando hacia el cielo, apuntando al sol.

Eran las seis de la mañana cuando Alfonso tomó el ascensor que llevaba hasta el penthouse donde vivía con sus padres y su hermano menor. Su teléfono se había descargado a las dos, la pastilla había cedido a las cuatro y se había levantado de la cama del motel a las cinco. Sus padres estaban sentados en la sala de lujo de su casa desde la una, justo cuando regresaron de la boda de una hija del Secretario en la que —en un extraño golpe de decencia— nadie les había preguntado por los funerales del General. Desesperados, una frente a otro, no paraban de mirar sus teléfonos, buscando alguna pista de su hijo.

Alfonso se tomó un segundo antes de abrir la puerta. Miró la hora y se sintió culpable y liberado a la vez. Milagrosamente no le importaba mucho lo que podía pasar. No había contestado ni llamado a su casa desde la tarde del día anterior y habrían consecuencias. A simple vista, poco había sucedido: un *party*, un encuentro con su tío y sexo con su novia; sonaba inocente pero para Alfonso había sido como si alguien tirase todos los muebles por el balcón y la casa ahora estuviese vacía y llena de futuro. Las conversaciones, la música, las cervezas, las miradas, los abrazos, el cuerpo joven y desnudo de Ichi, los orgasmos, las pastillas, las esperanzas, el miedo a su papá —que aumentaba con cada minuto hasta que dejó de importar—, el camino de regreso a casa, *Munich* tocando en la radio.

People are fragile things you should know by now
Be careful what you put them through

Imaginaba lo que le estaba haciendo a sus padres, pero no sentía lástima por ellos. Nadie es capaz de planificar el momento en el que por fin crece, si a ese sentimiento de poder y querer enfrentar lo que sea se le podía llamar crecer.

Introdujo la llave en la perilla de la puerta y le dio media vuelta. La perilla cedió y la puerta abrió. No había dado un paso hacia el interior cuando sintió un abrazo y de inmediato un fuerte golpe en la mejilla, seguido de la sinfonía histérica de su madre que le reclamaba todo tipo de cosas; le gritaba *hijo de la gran puta, desconsiderado, dime dónde era que estabas, seguro con el cuerito ese, habla coño, tú sabes lo que es amanecer sentada en un sillón sin saber lo que te ha pasado, habla coño, llamamos a todo el mundo y nadie sabía de ti, pasando vergüenza, habla coño.* Le reclamaba pero realmente no quería que hablara. Si el chico hablaba ya no sería su hijo pequeño, el bebé de las fotos y del cuadro de honor. El espejismo estaría roto. Si Alfonso hablaba sus padres habrían envejecido decenas de años en una noche. Mejor que no hablara. Mejor no confirmar lo que sabían desde que habían entrado al apartamento seis horas antes y habían visto la cama del muchacho arreglada, el cuarto en silencio, cómplice. Su hijo se había despegado millas del hogar. Había salido disparado en un cañón y nunca más regresaría.

Cuando todo paró, Darío, que no había dicho palabra, se levantó del sillón. Desde que estaba en la boda traía un presentimiento que prefería no alentar. Un presentimiento que le congelaba el estómago y le incendiaba las entrañas. Un presentimiento que tiraba más a certeza que a presentimiento, parecido a saber que alguien te está siendo infiel o que ese ser querido que tiene cáncer terminará muriendo a pesar de las oraciones.

Un presentimiento que se podía confirmar con una simple pregunta.

—Dime algo, y ten mucho cuidado si me contestas lo que no es, que sabes bien que me voy a enterar como sea...

Alfonso levantó la cabeza.

—¿Estabas con tu tío?

Alfonso no contestó, y Darío le pegó como si el muchacho de verdad fuese el hombre en el que, al menos en su mente, se acababa de convertir.

❖

David entró al baño. Podía cancelar el almuerzo y lo del testamento, tomar un avión y estar en Asturias al otro día, a tiempo para el entierro. Abrió la ducha y cuando la primera gota de agua caliente rodó por su espalda, el nudo de los recuerdos se deshizo, y un ramillete de memorias cayó rodando por la bañera.

Más que nada recordaba la voz de Drummond. Grave y cálida. Una voz puesta en esta tierra para dar esperanzas y conforte. Extrañaría la voz más que al viejo. "No entiendo de qué estás hablando, David, pero si te importa tanto, me importa a mí también." Varias veces usaba esta frase para relacionarse con lo que David sentía, con todo el resentimiento y odio que el muchacho respiraba y que el cura ni por asomo había vivido. Drummond no conocía el cinismo. Todo lo que decía lo decía con convencimiento y sinceridad.

"Tomemos LSD para que veas a Dios comiendo arroz." David le había propuesto varias veces al viejo. Drummond se reía de buena gana, casi siempre bebiendo vino barato de una taza de café. "Cuando tomes comunión bien tomada verás a Dios comiendo habichuelas", le contestaba, sin entender bien la segunda parte de la oración, haciéndole el juego de palabras al muchacho.

Una noche de octubre David apareció con dos estampillas. Drummond leía las cartas de San Pablo a los Efesios en el balcón y recién llegaba de una larga sesión de sadomasoquismo con dos prostitutas alemanas en la que había cruzado varias líneas que nunca pensó que cruzaría. Se sentía alegre y atrevido.

David sacó una mecedora al balcón, y sin decirle palabra le pasó uno de los dos sellos.

—¿Qué es esto?

—El arroz y la habichuela. Solo falta Dios.

Drummond sonrió.

—Si esto es tan importante para ti, hagámoslo, David.

Se llevaron las estampillas a la lengua y esperaron. El viejo escuchaba un concierto de Charles Aznavour en su tocadiscos. Mientras esperaban, el francés recitaba algo sobre esperanzas y juventud.

Lorsque l'on voit

Loin devant soi

Rire la vie

Brodée d'espoir

Riche de joies

Et de folies

Il faut boire jusqu'à l'ivresse

Sa jeunesse.

El viaje fue particularmente intenso para David. Los primeros cuarenta minutos lo llevaron por un camino incendiado, los cuadros del apartamento cobraron vida y le pidieron explicaciones, específicamente un cuadro de San Miguel que abandonó la bestia que tenía pisada bajo sus talones para volar hasta David y ordenarle —con voz estereofónica y distorsionada por un *flanger*— que se arrepintiera. San Miguel, el santo guerrero. Tenía sentido. David y Miguel batallando, dos seres beatificados ensuciándose las manos, creyendo en la violencia como medio para conseguir paz. "Ven, vamos a esto", retaba David al santo, que blandía su espada justiciera frente al rostro del muchacho. La bestia aprovechó para salir corriendo y escaparse por una ventana, no sin antes cagarse en San Miguel. "Cómete un mojón," le gritó con voz chillona mientras saltaba por el balcón, hacia el callejón oscuro que lo llevaría al corazón de la ciudad.

En la parte *mellow* del trip David se calmó y se dio cuenta que Drummond no se había movido ni un centímetro de la mecedora. El semblante del viejo parecía iluminado por la luz de cien soles, despidiendo un aura de color violeta que removía su cabeza del resto de su cuerpo, sus párpados —como sábanas— cerrados placenteramente sobre sus ojos grises y antiguos. El disco de Aznavour estaba rayado y la aguja brincaba una y otra vez sobre la misma frase.

Au temps des amours mortes. Au temps des amours mortes.

Una y otra vez.

Cuando Drummond finalmente abrió los ojos habían pasado tres horas. Su rostro lucía sereno y descansado. David estaba seguro que el viejo nunca había tomado alucinógenos. Bajo estas circunstancias, su calma era sorprendente.

—¿Y?

—¿Y qué?

—¿Lo viste?

—¿A quién?

—A Dios.

—David, he visto a Dios todos los días de mi vida. No he necesitado lamer una estampilla para verle de nuevo.

—No me digas que no sentiste nada.

—Pues hombre, sentí. Claro que sentí.

—¿Qué? ¿Qué sentiste?

—Sentí algo muy parecido a lo que sentía cuando oraba por días y días en el silencio del seminario.

—¿Y ya?

—Admito que los colores fueron hermosos. Las oraciones hacen ver a Dios en blanco y negro. Estos colores estuvieron de puta madre.

David lo miró, desinflado. Drummond concluyó.

—Lamento decepcionarte, pero fuera de un hermoso caleidoscopio y de la aparición de una prostituta belga con la que cogí por culo hace un verano en San Sebastián, no sentí nada que no hubiese sentido antes, hijo mío.

Le creyó. Había leído historias de chamanes que vivían por encima de cualquier estímulo, de cualquier droga, pero nunca pensó que Drummond —con sus jeans de abuelo y sus chistes inocentones— fuese uno de ellos. Imaginaba a estos seres sentados en la copa de un árbol en India, meciéndose sobre la rama más fina, desnutridos y silentes, en el tope del mundo. Fue a la cocina y buscó dos vasos de agua. Se tomó el suyo y luego se tomó el del viejo, mientras se preguntaba cuándo le tocaría a él ver por fin a Dios.

❖

El agua rodaba por su espalda. El baño estaba nublado de vapor. Había pasado veinte minutos o dos días parado allí, sin moverse, su cabeza apoyada sobre la pared, ojos cerrados.

Abrió la puerta y salió del baño. Cruzó el apartamento mojado y desnudo, dejando un rastro de agua por donde quiera que pasaba. Se dirigió a la cocina y abrió varias gavetas hasta que por fin encontró lo que buscaba. "David, ¿estás bien?" Escuchó un eco lejano que parecía preocuparse por él. Regresó al baño y cerró la puerta.

Aclaró el espejo, pasándole la mano circularmente hasta descubrir su reflexión entre todo el vapor. Había terminado de llorar al viejo en la ducha y sus ojos habían caído. Se acopió el pelo, que suelto le llegaba a los hombros. El cuchillo que eligió había perdido el mango; era el más grande y peligroso de todos, filoso y brillante, digno de una emboscada de Hitchcock.

Au temps des amours mortes. Au temps des amours mortes.

Empezó a cortar con ganas. Su cabeza resistía el vaivén violento del cuchillo mientras aserraba el cabello con fuerza. El piso húmedo se llenó rápidamente de hebras de todos los tamaños, cortadas en todas las direc-ciones, sin ningún tipo de patrón más que el de la tristeza. Trozos de pelo claro cayeron en sus pies y la forma redon-da y perfecta de su cabeza apareció entre la cortina de vapor. Se llenó la cabeza de jabón y terminó lo que había empezado, pasándose el cuchillo de atrás hacia adelante, arrastrando espuma y tocones de cabello hasta su frente, enjuagando el cuchillo con agua y empezando de nuevo, ahora de adelante hacia atrás.

Luego aserró la barba. La hoja afilada besando de arriba hacia abajo su rostro, coqueteando con la yugular y subiendo de nuevo hasta las punta de las orejas. Su barbilla cuadrada, oculta por décadas, se asomó en el espejo. David la acarició con el metal una y otra vez hasta cortarse levemente la piel. Con el mismo cuchillo se cortó los pelos del pecho y los pelos púbicos —su sexo ahora más desnudo que nunca—, mientras se miraba al espejo, saludando al extraño reflejado en la pared.

Cuando terminó, pequeños hilos de sangre corrían por su cuerpo. Brotaban de su cabeza, de sus pómulos, de su cuello. David los dejó correr sobre sus tatuajes, sobre sus extremidades, hasta que llegaron al lavamanos y lo mancharon de rojo. Entonces tomó una toalla blanca, se secó por completo y miró al espejo: una bola blanca, limpia y curiosa, con dos ojos grandes y verdes como los del abuelo, ahora se balanceaba sobre su cuello.

Las seis hornillas de la estufa estaban ocupadas.

En el sentido de las manecillas del reloj, arroz blanco en una olla chamuscada curada para pegar concon, habichuelas rojas guisadas —las favoritas de David—, arepitas de yuca —las favoritas de Darío—, bistec encebollado, plátanos maduros fritos, y por último, sopa de lentejas —las favoritas del General—.

La Viuda había llamado a todo el servicio a trabajar en la casa desde temprano, abriendo cortinas y sacudiendo muebles, enderezando cuadros y limpiando vajillas. Se había puesto un vestido claro de flores y se había perfumado con colonia francesa. Había desempolvado los discos que su nieto le había perdonado, y había llenado desde temprano la casa con el son de Los Compadres, tocados a volumen de luto.

Venga guano, caballero

Venga guano

Estamo' en el caballete

Y hay que acabar temprano

La Viuda daba órdenes con ritmo. Una tras otra. El servicio obedecía de buena gana. La Viuda era una mujer dulce y compasiva, y las señoras la adoraban. Levantaba las tapas de las ollas cada diez minutos, sabiendo exactamente qué esperar de cada una. A pesar de tener todo bajo control, estaba nerviosa. Se sirvió un trago largo de ginebra con dos ruedas de limón. Recordó a su esposo. Se preguntó si aprobaría todo aquello. Se sentó en el sofá de la sala, se arregló varias veces la falda, y esperó a sus hijos.

Era casi la una de la tarde y pronto estarían allí.

❖

David fue el primero en llegar. Estuvo parado frente a la puerta de la casa por varios minutos antes de tocar la puerta, el sol resplandeciendo como un farol de teatro sobre su cabeza rapada. Umi no le había dicho palabra desde que salió del baño. De hecho, nadie había dicho palabra desde aquel abrazo. Umi esperaba en silencio a que David se decidiera a tocar. David miraba las puntas de sus zapatos como si escondiesen alguna respuesta. Estaban recién lustrados y si se miraba con cuidado, se podía ver el entierro del sacerdote en ellos.

Levantó el puño y tocó la puerta. La Viuda brincó del sillón, tomó un último trago de ginebra y caminó hacia la entrada.

—Pero...mi hijo.

Sus ojos abiertos de par en par. La mano tapándole la boca, evitando más palabras que aquellas que ya había dicho, y que desde ya significaban tanto.

David entró a la casa, empujando con el hombro a la Viuda, que no tuvo más remedio que retroceder. Umi entró segundos después, excusándolo frente a la madre con una mirada que pedía perdón por los dos.

David caminó unos cuantos pasos buscando qué hacer, hacia dónde dirigirse. No sabía cuál sería el protocolo de aquella ocasión, en qué momento comerían, en qué momento leerían el testamento, en qué momento se entrarían a tiros. La Viuda cerró la puerta, y tan solo alcanzó a señalarle los muebles de la sala para sentarse.

Se sentaron frente a frente. David en una butaca solitaria y las dos mujeres en un sillón corrido lleno de cojines tapizados en telas francesas que retiraron torpemente.

Pasaron varios minutos en silencio, las miradas dispersas sobre la habitación.

—¿Les...les sirvo algo? —La Viuda estaba nerviosa. Sus manos moviéndose una sobre la otra. Quería preguntar cosas y no se atrevía.

—Nada para mí —dijo Umi, en tono agradecido.

David señaló la botella de ginebra.

—Pura.

La Viuda le sirvió en un vaso con cuatro cubos de hielo.

David tomó un trago largo y cerró los ojos. Todavía podía ver a Drummond cuando los cerraba, así que los abrió de nuevo. La ginebra le ayudó. Sintió todos los filos que lo cortaban ceder, y se recostó —casi a gusto— en la butaca. Se acarició la cabeza, comprobando lo que había hecho. Sonrió. Se dio otro trago de ginebra y terminó lo que quedaba en el vaso.

—Coño...huele bien —Levantándose de su asiento, tomó la botella de ginebra y se perdió rumbo a la cocina.

Las dos mujeres quedaron solas en la sala. En el radio, Compay Segundo les aconsejaba.

Vamos a comer temprano porque me huele a visita
Recuerda que en el almuerzo se apareció Conchita.

❖

La Viuda no había asimilado bien a su hijo cuando sonó el timbre de nuevo. Serían Darío y Helena. Se levantó y abrió la puerta antes que el servicio pudiese atender. Esta vez no hubo sorpresas, más que sus nietos no habían venido al almuerzo. La Viuda preguntó por cortesía —tenía cosas más perturbadoras e importantes en su cabeza—, y Darío ni siquiera le dio una razón.

—Se quedaron.

Darío cruzó la sala y con poca ceremonia le tendió la mano a Umi, que se la estrechó por cortesía. Helena la saludó con un gesto lejano y discreto y se sentó en unas butacas que, apostadas cerca de una ventana, apenas formaban parte de la sala.

Darío se quedó de pie.

—¿Y David? —preguntó a quien quisiera contestarle.

Antes de que cualquiera de las mujeres abriera la boca, apareció David desde la cocina. Traía una arepita de yuca en una mano y un vaso de ginebra en la otra.

—Dicen las señoras que eso ya está listo.

Helena se inclinó hacia adelante, boquiabierta, y Darío abrió los ojos. Fuera de la sorpresa, había algo más convulso de la cuenta en David que una cabeza rapada y una cara desnuda. Sus ojos parecían desajustados de sus zócalos, y miraban a todo el mundo al mismo tiempo.

—Yo digo que no le demos más vuelta y que nos sentemos a comer.

Darío, que había planeado todo lo que le haría cuando finalmente lo encontrara, permaneció callado. Si fuese honesto consigo mismo, confesaría que estaba aterrorizado de David, que en ese momento no era humano, sino más bien una malcriadez de la naturaleza impulsada por ginebra, por un largo linaje de fantasmas y demonios, con hambre de arroz y habichuela, y con mucha, mucha, sed.

La silla de la cabecera aparentaba vacía, aunque todos vieron al General sentarse y poner los codos sobre la mesa, como hacía cuando la comida aún no llegaba. Todos menos Umi que nunca le conoció, y que veía solamente la silla y un plato que la Viuda había colocado por costumbre y que ahora no se atrevía a retirar: el plato de una momia o de un Dios al que se le servía sopa de lentejas como al resto de la mesa, en espera de que fuesen de su agrado en algún lugar del más allá.

David se sentó y colocó la botella de ginebra sobre la mesa. Su propio botellón de agua. Las tres señoras del servicio llegaron trayendo recipientes humeantes y olorosos. Los colocaron sobre la mesa y se marcharon. Las palabras habían sido pocas desde que David tocó la puerta. El silencio era incómodo y no daba confort. Los Compadres se escuchaban desde la sala. David se sirvió otro trago de ginebra y se recostó de la silla. La Viuda presidía el almuerzo. Se arregló el pelo inconscientemente y bendijo la ocasión, buscando algo de normalidad donde no había.

—Bueno, antes de comer quiero darle gracias a Dios porque tengo a mis dos hijos sentados en la misma mesa. Sé que su papá nos está viendo desde algún lugar y en este momento está sonriendo.

David dejó rodar una risa burlona y odiosa que provocó que todos bajaran la cabeza; todos menos Darío, que rodó la silla unos centímetros hacia atrás y cruzó las piernas, esperando más de lo mismo.

—Perdón. Sigue Digna, sigue —David levantó las manos dramáticamente, dándose otro trago de ginebra.

—No voy a repetir el episodio. Aprendí, aprendí.

En ese momento, el timbre sonó y todos quedaron esperando a ver quién tocaba. El abogado no había aparecido y aunque nadie había querido preguntar, lo tenían muy pendiente.

Un minuto más tarde, Alfonso entraba al comedor.

Traía un ojo morado y la mirada escondida. Miraba a algún lugar entre el suelo y la mesa. Haló una silla y se sentó sin saludar a nadie. Lucía magullado y roto: una sombra del chico que hacía unas horas se abrazaba a todo lo posible.

La sonrisa —falsa de por sí— escapó a David. Arrastró la silla hacia adelante y apretó la mesa como quien quisiera levantarla. Darío permaneció inmóvil. Las piernas cruzadas dándole un aire distanciado y arrogante. Sabía lo que había hecho y no estaba arrepentido. Felizmente mataría a su hijo antes que dejarlo ser como su hermano, y si su hermano se daba cuenta, pues mucho mejor.

—Alfonso, saluda —ordenó su madre.

El muchacho levantó la cabeza y miró a todos. No dijo nada. Cuando vio a su tío, bajó la cabeza de nuevo. Los golpes no llegaban a golpiza. Habían sido más la marca del territorio, una letra escarlata, una humillación.

—Que saludes te están diciendo... —requintó Darío. El chico no se movió.

—Déjalo hombre. Eso es cansado que está —Su abuela se le acercó y le acarició la cabeza con ternura. Había leído perfectamente la situación. Aprendió muchos años antes a no preguntar sobre lo que pasa entre un padre y sus hijos, más cuando el niño ha sido maltratado. Le ofreció a su nieto la única forma que tenía en este mundo para solucionar las cosas: la promesa de un plato rebosado de comida, mojado en su salsa sanadora de carne de res y coronado por dos tajadas de aguacate con poderes medicinales.

David apretó los puños. No había podido proteger al muchacho. Nadie puede proteger a nadie, solo hacerse la ilusión de que lo protege. Alfonso estaba solo igual que todos estamos solos. El sacerdote ya no estaba, se había marchado —solo—, dejando a David —también solo— en el medio de una isla que no lo reconocía ni lo había extrañado. Tanto tiempo sin ver a estas personas y ahí estaba, sintiendo cosas que no deseaba sentir, queriendo proteger a un sobrino que apenas conocía y que le había dado esperanzas que no necesitaba. Ahora volvía a sentir una rabia que creía superada. Esos golpes se los habían dado a él aunque fuese el chico que los cargara encima. Pensó volar por encima de la mesa y emparejar la jugada, —romperle la cabeza a su hermano sería fácil y lo haría sentir especialmente contento—, pero nada de eso le devolvería a Drummond ni sacaría a Alfonso de su lugar en el mundo. Esto lo había aprendido con el tiempo. Años atrás, un río de habichuelas guisadas curtido de sangre rodaría por el suelo, los platos volarían por todos lados y La Viuda daría gritos —al mismo tiempo— por su vajilla y por sus hijos.

La señora más antigua del servicio llegó con un recipiente gigante tapado. Lo puso en el centro de la mesa y La Viuda lo destapó con mucha ceremonia.

—Bueno...esto me lo trajeron el jueves, pero todavía está fresquecito.

En el centro, humeante, un enorme pescado, frito y boquiabierto. En el lugar donde debieron estar los globos oculares solo había un vacío. David miró al pescado fijamente, perdiéndose en sus ojos inexistentes, en su boca abierta y desgarrada, las hileras de dientes interrumpidas por el anzuelo. Un pescado ciego había nadado contra la corriente hasta el centro de la mesa. *¿Qué vas a hacer, David? ¿Te cansaste de nadar como yo? Lo veo en tus ojos. Estás cansado. ¿Qué vas a hacer?*

Estuvo un buen rato mirando el pescado hasta que finalmente habló.

—Yo quiero decir algo.

Darío resopló.

—Ya yo vi...

—Claro, mi hijo. Lo que tú quieras —La Viuda intervino—. Esta es tu casa.

Ahora fue Helena la que resopló.

David tomó la botella de ginebra, llenó su vaso y lo levantó. Su voz sonaba frágil y desnuda. Todavía miraba al pescado.

—Hoy... —hizo una pausa, decidiendo si estas personas se merecían su sinceridad —. Hoy perdí a la persona más importante que he tenido en mi vida.

Todos levantaron la mirada. Por primera vez en treinta años, David les hablaba sin rencor.

—Se llamaba Drummond y ninguno aquí lo conoció. Drummond fue un hombre sabio, un hombre... bueno. —Se dio un trago de ginebra y cambió el tono—. Pero no bueno como ustedes —señalando a todos con el vaso —, ustedes, los buenos de *este* mundo, son distintos. Siempre han estado en el mismo sitio, y siempre estarán ahí, cuando ya nadie los necesite. No se van a ningún lado ni se mueren.

Alfonso levantó la vista. Su boca apretada, toda su vida contenida en una mirada. Era la única persona que entendía algo de lo que su tío balbuceaba. David miró al techo, que en ese momento no existía. Vio todas las nubes del cielo juntarse y abrazar el sol. Levantó el vaso y brindó.

—Así que, quiero brindar por ustedes... *los buenos*, y por sus buenas costumbres y sus buenas juntas, su buena voluntad y su buen trato, sus buenos vinos y su buen vivir. Yo también quiero ser bueno. ¿Todavía tengo tiempo de ser bueno, Digna?

La Viuda no sabía qué decir. Darío lo miraba incrédulamente y Umi se secaba las lágrimas con discreción.

El timbre sonó y todo quedó en silencio, pendiente de un hilo.

Un minuto más tarde, la señora del servicio anunció que el abogado de la familia los esperaba, cuando terminaran, por supuesto, en el estudio del General.

❖

—Perdónenme, vuelvo ahora mismo. El doctor Méndez... vuelvo ahora.

La Viuda se paró de la silla y salió del comedor con la excusa de atender al doctor Méndez, pero realmente se sentía enferma. Quizás todo aquello había sido una mala idea. Subió a su habitación, se recostó en su almohada, cerró los ojos y sintió su corazón latir en todo el cuerpo.

En el comedor, le tocaba el turno al bate a Darío, que no le creía a su hermano nada de la sinceridad.

—Tu tío se ha vuelto todo un poeta, Alfonso. De delincuente a poeta.

David sonrió y se dejó caer en su silla y se dio un trago de ginebra.

—Nunca te conté su gran historia, pero este es un buen momento. ¿Quieres oírla?

Alfonso los miró a los dos. Ya no necesitaba oír la historia, pero aun así quería escucharla. David igual.

—¿Puedo? —Darío le pidió la botella de ginebra a su hermano, que con gusto se la pasó; se sirvió un trago que le aclaró la garganta y los recuerdos, y comenzó.

"En el 1991..."

❖

Ha sido una semana violenta. Se ha peleado en La Agustina, en el Naco, en toda la ciudad. Nada grave, pero sí violento. Algunos salieron sangrando por botellazos, otros cortados por vidrios, otros por manoplas. Más de lo mismo, pero escalado. Debe ser que el perico que aparece arrebata más de la cuenta o sencillamente la calle tiene ganas de sangre.

Sentado encima de este basurero de violencia, David sigue siendo el rey del pedazo. Tiene veinte años y las ganas de romper cosas no se han ido a ningún lado. Luego de terminar el colegio habita en un limbo de apatía y violencia en el que cada día trae menos esperanzas que el anterior. Se ha tatuado una Remington de hombro a hombro en la espalda hace unas semanas. Su primer tatuaje. Aunque nunca ha disparado un arma fuera de la cacería, eso sería hacer trampa, la Remington le recuerda los rolones, le recuerda lo que mejor sabe hacer.

Lleva varias noches de la semana amaneciendo en una pensión de la Zona Universitaria, en el aposento de una macorisana que estudia contabilidad en la UASD y que tiene fundas y fundas de hongos frescos traídos del campo. El pequeño cuarto es una pocilga, caliente y estre-cho, pero David no ve nada de eso. La macorisana lo cose cuando llega cortado y se lo mama cuando está decaído. A dos casas, un colmado que se convierte en bar por las noches le fía cervezas y cigarrillos. Las paredes del colmado están llenas de poesía escrita en crayones.

Todas las noches, David cruza descalzo a eso de las diez, y pide canciones de un grupo nuevo que se llama *Pearl Jam* y que nunca ponen. En su lugar, tocan a Sabina y discos de trova, lo que hace que David tenga que aguantarse para no romperlo todo. Se devuelve a la pensión, escupiendo la acera, levantando los pies desnudos para no pisar lo que ha venido dejando en el camino. Cuando llega al cuartito suena *Pearl Jam*, y se mete lo que se tenga que meter. Eddie Vedder canta sobre océanos y sobre abandonos. La música es violenta y triste a la vez. David se manotea con la macorisana, que es celosa y no sabe manejar sus drogas. Se arañan, se golpean, se amoratan, se insultan; luego hacen el amor. David ahorcándola con sus dos manos, asfixiándola, dejándola sin aire, y la macorisana vuelve y lo adora. Son tiempos oscuros, de pocas esperanzas, pero David cree que son sus mejores tiempos.

Gazcue sigue estando ahí. La casa del General está vacía. Sus padres andan por Europa, un mes completo. Su hermano estudia en *Valley Forge* desde hace casi un año. El sueño del General cumplido a colores; David la pesadilla en blanco y negro.

No lo han sacado de su casa, pero tampoco lo quieren allí. Digna sigue poniendo su plato en la mesa, lavándole y planchándole su ropa, aunque cada vez averigua menos sobre su paradero. El General le habla apenas lo necesario. No tiene ganas ni tiempo. Balaguer le acaba de arrebatar las elecciones a Bosch hace solo un año y todo el mundo sospecha, llamémosle sospecha, de fraude. El país está hundido en otra profunda crisis y no hay tiempo para muchachadas. Es el tiempo de los hombres de confianza del Presidente. A pesar de todo eso, siempre hay tiempo para Europa.

Con la casa vacía, David tiene espacio para respirar. Cruza la verja y los guardias tienen que correrle las puertas: después de todo sigue siendo su casa. Abre las ventanas y las neveras. Tiene semanas comiendo como un pordiosero y es el momento de desquitarse. La nevera está llena de recipientes envueltos en papel encerado. Platos de sobras que su madre le ha venido guardando para el día que por fin regrese. David los abre todos al mismo tiempo y les mete los dedos y la cara, como un cerdo adicto y hambriento. La casa está en silencio. Cruza todas las habitaciones y se acuesta sin bañarse en la cama del General. Tiene semanas sin dormir. Ahora duerme un sueño largo y recurrente sobre figuras de lodo y ejércitos.

Cuando se levanta son las ocho de la noche y es un viernes. Saca una bolsita sucia y arrugada de cocaína y la vierte sobre la mesa de noche de su madre, al pie de los crucifijos y de las postalitas de San Judas que lo miran con reproche. Se da un pase, dos. Enciende la televisión. Algo está sucediendo en MTV. En un gimnasio de Seattle hay porristas y un chico rubio tocando una *Fender Mustang*. A la zurda. El sonido es algo que nadie había escuchado nunca. Un estruendo, una explosión. Suena a lo que David tiene tiempo sintiendo y no sabe cómo explicar. La cámara se le acerca al chico rubio que se pega al otro lado de la pantalla y le dice algo al oído a David.

Hello, hello, hello, how low...

El chico se llama Kurt y años más tarde no aguantará el dolor y morirá de un cartuchazo, pero ahora eso no importa. Hoy, esta noche, Kurt ha cambiado el mundo para siempre, como un barril de dinamita antes de que existiera la dinamita, la primera vez que fue detonado. De seguro hubo muertos. Miles. Heridos. Desmembrados que se acercaron sin saber. Una hermosa bola de fuego, habilitando el próximo nivel de descontrol de la raza humana.

With the lights out, it´s less dangerous
Here we are now, entertain us...

Dulce violencia. Estallando. Entrarle a la casona con un bate. Primero despacio, como un juego. Tumbar un adorno de Yadró aquí, otro allá. La canción la ponen cada cinco minutos y cada vez se hace más rabiosa e importante. Darse otra línea. Romper una silla. Apretar el bate con más fuerza. Destruir. Destruirlo todo. Todo menos las fotos del abuelo, esas las respeta. Dulce violencia. Estallando. En las paredes de la casona. En el estudio del General. En el horno de la Viuda. En la habitación de Darío. Antes que los guardias puedan controlarlo y sacarlo de la casa. Es demasiado tarde. Todo está destruido. La casona de Gazcue. La hermosa casona que su madre decoró un cristal de Murano a la vez. Destruida con el mismo bate marca Easton con el que le rompió las costillas al chamaquito de San Carlos el día del jonrón. Bate dulce de madera. Dulce violencia. Estallando. En toda la ciudad. En David. Dentro. Muy dentro.

I feel stupid, and contagious

Here we are now, entertain us...

Entre los restos y el desorden, un juego de llaves de un Chevrolet se arrastra por el piso, hasta la punta de sus botas.

El Caprice se siente como una seda cuando rueda fuera de la marquesina. Los guardias tuvieron que abrirle la puerta o les disparaba con el 38 del General. No tenía balas pero los idiotas no lo sabían.

Cerca de allí, una silueta cruza la calle. Una silueta tan familiar que podría reconocerla en la oscuridad más profunda. Lleva prisa, como si se dirigiera a algún lugar. Las luces altas del automóvil le golpean la cara. La silueta se detiene y el Caprice también.

—Men, ¿te volviste loco? ¿El carro del General?

—Móntate. Camina.

—No jodas.

—Mamagüebo. Camina. ¿Dónde es que vas?

—Compadre, usted se desaparece seis meses y ahora aparece dice que me monte en el carro del viejo...

—Tommy de la mierda, ¿te vas a montar o no?

La mesa entera seguía cada palabra, cada pausa, cada inflexión del relato. Darío hizo un silencio y el nombre de Tommy apareció de nuevo en sus labios.

—Tommy se montó. Seis meses sin verlo, sin saber de él, y se montó.

David asintió y tomó el último sorbo de ginebra de su vaso.

—Así mismo fue. Se montó.

Su sobrino no podía mirarle a los ojos. A partir de ese momento, Darío dejó de disfrutar la historia. Empezó a contarla con pesar, pero no se detuvo. Si pensaba salvarse, Alfonso debía conocer la historia completa de su tío.

Ruedan por la Máximo Gómez. Pasan frente a la casa de Balaguer, allí donde los seis de enero la miseria hace filas y molotes y se estruja y se hala los cabellos, esperando que del cielo lluevan *muñecas y bicicletas*. David alcanza a ver a la enana que barre la acera de un lado a otro y le grita "*tuuuuu maaaaldita maaaaaadre.*" Se ha convertido en un ser despreciable. Propone devolverse y darle unos golpes sin ningún motivo —*le damos una agolpiá y le metemos la escoba por el culo, aunque va a sobrá media escoba*— pero Tommy lo convence de seguir rodando. En noches como ésta, todo gira en convencer a David de seguir rodando.

Se ríen de cualquier estupidez buscando a tientas ese terreno donde crecieron y donde todas las conversaciones eran naturales. David es otro, Tommy es el mismo. David es conocido, temido. Tommy estudia medicina y nunca ha visto un tabaco de marihuana en su vida. Aun así el cariño sigue ahí, intacto. David haría lo que fuera por su amigo. Lo llevaría a cualquier lado en el Caprice Classic robado del General. Lo llevaría al cielo y al infierno, lo llevaría a la fiesta donde lo esperan los amigos graduados del colegio, donde lo espera Amalia y sus caderas estrechas y sus ganas. David conoce a todos en esa fiesta. Estuvo en ese colegio hasta que lo expulsaron. Le gusta la idea de la fiesta. A Tommy no tanto. Quisiera ir sin la preocupación de tener a David rompiéndolo todo, así como acababa de romper la casa de sus padres. Quisiera poder metérselo a su novia con calma, —como se merecen después de haber esperado tres años—, pero ya le dijo, así que el Caprice enfila hacia la casa abandonada de San Cristóbal, donde hay oscuridad y las fiestas suceden sin filtro y sin horas.

Toman la 30 de Mayo, cruzan frente a Casa España y frente a la línea de moteles en los que la mitad de Santo Domingo se desahoga. Los confines de la ciudad. Beben de un Barceló Pitufo a pico de botella. El Caprice se siente increíble. David nunca lo ha manejado y la espera ha valido la pena. Una seda negra moviéndose a ciento veinte kilómetros por hora. Bajan los cristales y respiran la noche. Tommy le cuenta sobre la universidad, sobre el equipo de baloncesto y sobre Amalia. David no tiene nada que contar. Quisiera mostrarle su tatuaje pero tendría que quitarse la camisa, quisiera contarle que recién destruyó la casa donde creció pero no sabría decirle por qué, quisiera explicarle que esta noche se siente una noche importante pero no sabría cómo, así que hace silencio y lo escucha y asiente, tratando de ser sincero, tratando de que todo aquello que Tommy cuenta le importe.

Un camino de caliche termina en la casa abandonada. Una hilera de autos parqueados en el paseo recibe a los recién llegados. En los bonetes, grupos de chicos toman ron, fuman Marlboros y escuchan *Alice in Chains*. El camino está oscuro y las puntas de los cigarrillos iluminan el rumbo como luciérnagas. David, que ha dejado el Caprice en el principio del trillo, les cruza por el lado, y todos lo reconocen. Algunos lo saludan, otros sencillamente bajan la cabeza y esperan a que siga de largo. No quieren problemas y David solo da problemas.

Sentados sobre un Honda Accord, casi a la entrada de la casa, tres sujetos se pasan un litro de Brugal al que le han botado la tapa. Tommy sabe quiénes son. David no los recuerda hasta que alcanza a ver el parche en el ojo del más alto de los tres.

—David, camina men.

Tommy lo apura, pero David no tiene prisa. Tampoco baja la cabeza. Nunca baja la cabeza. Entre cientos de peleas, aquella no se le ha olvidado. Recuerda la salida del colegio y los gritos de todo el mundo, animándolo. Tenía un brazo enyesado y aún así lo destruyó. Recuerda la manopla y los golpes. Cuando le pegó por última vez con el hierro frío, sabía que ese ojo nunca más serviría.

El tuerto tampoco lo ha olvidado. Imposible. Tiene años esperando una noche como esta. Durante muchos años lo han desanimado, *"ese es hijo de general, deja eso así, es lo que te conviene a ti y a tu familia"*, pero esta noche no hay nadie a su alrededor que pueda hacerlo desistir. Esta noche los perros ladran, el aire pesa, la luna está clara y por primera vez en mucho tiempo, se siente valiente.

—Lo' muchacho'... —David les apunta con un dedo, en algo que parece un saludo pero que termina siendo una mueca. El trío lo mira sin emoción. David les sostiene la mirada hasta que se aburre.

Tommy vuelve a llamarlo, ahora desde dentro de la propiedad.

—David...

Hasta que finalmente les da la espalda, que para los fines, resulta tan intimidante como el frente.

Tres horas han pasado cuando vuelven a salir. David empujó al DJ y puso música todo el tiempo, bebiendo de una botella de ron sin parar, mientras todo el mundo hacía un esfuerzo por ignorarlo o por mantenerlo contento. Tommy se perdió en una de las habitaciones y finalmente consiguió lo que se había propuesto. Amalia fue todo lo que esperaba que fuera: cálida, inocente y suya. Duraron una hora abrazados en el piso de cemento frío de la habitación principal hasta que Tommy decidió que debían irse. La quería para él, para siempre, pero esta noche ya era tarde.

El trillo ahora está desierto. Los últimos autos aceleran frenados, quedándose pegados del caliche, haciendo volar piedras y polvo, despidiéndose con estilo, anunciando algún final y perdiéndose para siempre en la oscuridad.

David se tambalea rumbo al Caprice. El último carro de la fila. Tommy, abrazado de Amalia, lo escolta sin proponérselo. La luna ilumina el camino y el automóvil, revelando tres siluetas: dos recostadas de las puertas y una sentada en el techo, jugueteando con la antena, doblándola de un lado a otro, como quien se entretiene mientras espera.

Tommy se da cuenta y se detiene. Mira hacia la casa: todas las luces están apagadas. El camino, ahora más estrecho que nunca, tiene una sola salida.

—David...

David levanta la cabeza. Las siluetas toman formas, se incorporan, cobran vida. Se escuchan golpes sobre hojalata, cristales que se rompen. Las siluetas arremeten primero contra el Caprice y luego contra David, que ha estado esperando este momento la noche entera, y que se les abalanza, gozoso, sin pensarlo.

Las siluetas no saben lo que se les viene encima.

Saber pelear no es solo cargar y golpear. Saber pelear es entender lo que duele y dónde duele. Saber cuándo abrazar y cuándo soltar, cuándo irse al piso y cuándo quedarse de pie. David sabe todo esto. Lo sabe porque lo aprendió y lo sabe por instinto. Sabe que siempre pegas primero y a la cabeza, sabe que el metal corta y que la madera quiebra, sabe que una botella rota empareja cualquier situación y que no importa cuántos sean, lo que importa es cuánto sepan.

Los primeros golpes no duelen, motivan. David baja el hombro izquierdo y arremete contra dos de las siluetas, que ahora tienen músculos y huelen a ron. Lleva una al suelo, con las rodillas la inmoviliza, y empieza a divertirse. Los golpes que le pega son todos al mismo lugar. Derecha, izquierda y repite; todos a la mandíbula que, desencajada, suena como un juego de dados en un vaso. La sangre aparece de inmediato, y aunque está oscuro, David —como los tiburones— la huele.

Mientras, la otra silueta le pega con todo lo que tiene. Le pega con lo que parece ser una bota de hierro y con puños de algodón, pero David no cede. *No te vayas lejos, que ahora voy contigo*, piensa mientras termina su trabajo en el suelo. La silueta del piso, desvencijada, no se para más. David respira por primera vez en lo que parecen horas. Los golpes cesan un segundo, y David siente una ligera brisa acariciarle la cara. Es una brisa leve y discreta, una brisa que anuncia el golpe de un peñón. Un segundo antes David ya sabe que dentro de poco estará en problemas. La piedra es filosa y le golpea un lado de la cabeza, haciéndolo rodar, dejando a la silueta del piso a sus anchas para desmayarse con libertad.

Es el turno de los otros.

La luna se ve tan hermosa desde el suelo. Llena y blanca. David siente sus brazos clavados a un lado y una lluvia le cae desde el cielo. La lluvia es necia, y moja su cara con moretones, codazos y cortadas. La silueta tuerta baja del techo y saca algo reluciente y filoso. David sabe lo que es. *Ven, clava, que no serás el primero.* Siente algo frío rozar su costado. El frío repite y es cada vez más profundo. Detrás del frío sale sangre caliente. El frío sucede varias veces hasta que no sucede más. Las siluetas se recogen y el sonido regresa a la escena. Regresa lentamente, primero los perros que no paran de ladrar, luego las pisadas aceleradas de las siluetas, arrastrándose y escapando, y por último los gritos desesperados de Amalia pidiendo ayuda, mezclándose con los quejidos de Tommy, cada vez más débiles. Tommy que también tiene frío y quiere irse de allí. Tommy tirado al lado suyo, mirando al cielo. Lástima, la luna se ve tan hermosa desde el suelo.

El comedor estaba en completo silencio. Nadie había tocado la comida. Umi se ha parado antes que el relato termine y se ha ido a la mierda. No escuchó la parte del hospital, de Emergencias, de toda la sangre que flotaba en el Caprice, de que llegaron apenas con vida, de que lucharon lo más que pudieron y de que solo se salvó David. Esa parte era obvia y no necesitaba contarse.

Aun así Darío la contó. Su voz grave y lenta no dejó se fuera ningún detalle. Los padres que regresaron en el primer avión, la casa destruida, el funeral del amigo, hijo de una familia querida: un río que rebosó el vaso. O te largas de este país o te dejo preso hasta que te pudras en la cárcel. Más o menos los términos del asunto. Esta parte Darío no la contó así. Su padre fue un hombre justo hasta el final, convenció a la Viuda de que era lo mejor para la familia y para el mismo David, que podía empezar desde cero en otro lugar, y que un mes más tarde estaba montado en un avión, con un boleto de ida y sin nada a qué regresar.

—Y así todavía crees que estás en el testamento... Culminó con sorna.

David se paró de su silla. Tenía décadas reviviendo esa noche, cada detalle que la memoria le permitía recordar, intentando retroceder el tiempo, cambiar el final. Pero las cosas son como fueron y el pasado es una pintura roja de brochazos gruesos, enmarcada y colgada. "El abogado ese está esperando," murmuró, sin poder levantar la mirada y ver a su sobrino a los ojos.

El estudio del General se sentía como un museo. Banderas dominicanas, banderas del ejército, armas largas, revólveres, granadas, fotos con presidentes, con secretarios, con sus nietos, encima de tanques de guerra, desfilando en el malecón, bajando de un *Huey*; bustos en bronce de los padres de la patria, una copia de la constitución, una copia dedicada de "El Cristo de la Libertad", un retrato de Luperón, certificados de cursos en antimotines, en estrategia militar, un bar en forma de globo terráqueo, una pistola calibre veintidós traída desde la frontera, con el mango enchapado en oro y una maldición encima que merece una historia aparte, una invitación enmarcada de su boda, su traje de gala, sus botas limpias en una esquina, los restos de un paracaídas, una Biblia, varios paquetes de cartuchos de escopeta, un escudo nacional, un Gran Poder de Dios, un Bidó, sus cartas de ascenso y su carta de retiro, una foto restaurada de sus padres, un trozo de mortero rescatado de la revolución, varias miras telescópicas, el encendedor de Petán Trujillo y una pequeña acuarela de una figura que parecía ser un cazador en medio de un campo. A cada lado, dos figuras más pequeñas se escondían del artista, metiéndose entre sus piernas.

El doctor Méndez abría varias copias de los documentos sobre el escritorio. Darío se paseaba de un lado a otro del cuarto, como hacía cuando esperaba que su esposa diera a luz. La Viuda había pedido excusas, no se sentía bien. Confiaba en ellos y en el doctor. David miraba la acuarela, de espaldas a la habitación.

Darío repasaba las pocas veces que su padre preguntó por su hermano, cerca del final, cuando empezaba a perder la noción de todo. Darío le recordaba lo que había sucedido, que David hacía tiempo que no estaba y el General gritaba que eso era mentira. "Dos hijos. Tengo

dos hijos" repetía. "¿Dónde está el otro? Quiero verlo."
Entonces Darío salía de la habitación, rogando que se le
pasara y que el odio regresara a su corazón. ¿Habría
llamado a Méndez en medio de uno de esos episodios?
Estaba a punto de averiguarlo.

"Estamos listos, jóvenes." Para el doctor octogenario,
todo menos de sesenta años era joven. Darío se sentó
en uno de los sillones de cuero frente al escritorio. Helena
estaba fuera de la habitación, pero podía sentirla allí, a
su lado, reprochándole lo que aún no sucedía, pero que
ahora se sentía más que una posibilidad.

—David... —Méndez llamó otra vez —. Estamos
listos.

David no se dio la vuelta.

—Doctor, déjeme solo con mi hermano, por favor.

DOMINGO

POR LA TARDECITA

La ciudad estaba en calma. Las calles lucían limpias, las esquinas libres, los túneles despejados. Niños jugaban en los parqueos de las torres y sus risas inocentes flotaban hasta los balcones, donde los viejos dormían la siesta extendida. Santo Domingo, ciudad apasionada, de sentimientos salvajes y escasos remordimientos, puede ser hermosa cuando se lo propone.

David bajó el cristal y dejó que la tarde lo invadiera. El olor a salitre que subía desde el malecón, el canto de los pregoneros, la brisa caliente. Acarició el guía y pisó el acelerador. La aguja se acostó en el tablero como en los viejos tiempos.

Se había despedido de su madre habiéndola perdonado. Lo demás no importaba. Su corazón se sentía en paz por primera vez en mucho tiempo.

Se detuvo en una estación de gasolina en las afueras de la ciudad. Procuró un tanque de cinco galones y lo llenó de combustible. El sol empezaba a caer, y el mar aparecería en cualquier momento. Tomó por última vez en su vida Las Américas. Empujó el casete propiedad del General que había quedado en la boca del radio desde quién sabe cuándo.

Dejaré mi tierra por ti

Dejaré mis campos y me iré

Lejos de aquí.

Esta se la sabía. Cantó a todo pulmón.

Cruzaré llorando el jardín

Y con tus recuerdos partiré

Lejos de aquí.

Sus lágrimas rodaron sin final. No hizo ningún esfuerzo por detenerlas. El sol se hundía a lo lejos y David cantaba.

Es ligero equipaje

Para tan largo viaje

Las penas pesan en el corazón.

Cuando por fin llegó, todo estaba oscuro. La noche era seca y las palmeras apenas se movían. Se bajó del Caprice, caminó sobre las piedras y se acercó al borde. Abajo, a trescientos pies, el mar le gritaba.

Abrió el baúl y empezó a recitar.

Mariscal pasando lista, y dice que falta…Coronel.

Sacando el tanque de combustible.

Coronel nunca falta. ¿Y quién falta? Mayor.

Rociándolo por todos lados.

Mayor nunca falta. ¿Y quién falta? Capitán.

Poniendo el auto en *Drive* y sacando el encendedor de Petán, la otra parte negociada de su herencia.

Capitán nunca falta. ¿Y quién falta? Sargento.

Dejándolo caer sobre el techo.

Sargento nunca falta. ¿Y quién falta? Cabo.

Las llamas llegaron hasta las estrellas.

Cabo nunca falta. ¿Y quién falta?

Mientras, el Caprice se acercaba hacia el borde del precipicio, humeante y derrotado.

¿Quién falta?

Cayendo de punta, rebotando contra las rocas, camino al fondo del mar.

¿Quién falta?

Entre las llamas que iluminaron por un segundo todo el coral y todos los peces del mundo, desde el tope del acantilado, David creyó por fin ver a Dios.

General... General nunca falta.

FIN

ÍNDICE

Printed in the USA
CPSIA information can be obtained
at www.ICGtesting.com
LVHW041538021123
762600LV00004B/32